SHINE IN THE INTERNATIONAL WORKPLACE

# 成為活躍於 全球的 英語工作者

給非母語者的「絕對規則」，不只知道「如何」說，
更要「正向」且「有禮貌」地說！

Hyogo Okada

## 岡田兵吾

陳亦苓————譯

## 那些厲害的非母語菁英所實踐的
## 商務英語中，存在著「絕對規則」！

「明明英語說得還不錯，日常對話不成問題，在本國時因爲英語能力頗受好評，也曾被派駐海外。但不知爲何，一換到國際企業工作，就變得好像根本不會講英語一樣？」

很多人都有這種煩惱，而我也曾是其中之一。

大學時，我曾以交換學生的身分至海外留學，大學畢業後任職於外商管理顧問公司埃森哲，派駐美國 2 次，也曾帶過有外國人的團隊。在日本，我一向被認定爲「能以英語工作」，但（第一次）跳槽到新加坡的微軟時，等著我的卻是地獄。

我突然發現，自己完全不會講英語，無法參與大家的對話。大家以英語討論時，我完全跟不上。在會議上若是連一句話都說不出口，接著收到的就是上司輕度的解雇警告，說：「你要是不發言的話，就別來開會！」

後來，我轉職到德勤管理顧問公司時也是如此，韓國及泰國、德國的同事們在工作上都成功獲得合約且十分活躍，只有我一人於在職的 14 個月中沒什麼顯著業績，甚至還因而產生自律神經失調的問題。正當我覺得似乎已經走投無路時，心中突然湧現「一個疑問」。

「我是因為英語障礙的關係陷入困境，但這些同事們也都不是以英語為母語，他們為什麼能夠做得好？」

自從有了這個疑問，我便開始觀察工作表現好的那些「非英語母語者」。

結果我發現，他們都有特別留意一些規則與禮儀、敬語、細心關懷等部分。他們都自行摸索，並實踐了在「國際企業」生存的獨特英語技巧。

**商務英語中，有非母語者應該要學會的「絕對規則」，我這才恍然大悟。**

雖然非母語者的詞彙不是那麼多，不過重點是在充分運用少量詞彙的同時，還必須遵守下面的 2 個規則。

〈非母語者的商務英語・絕對規則〉
①多多使用常用句
②採取積極有禮的表達方式

光是如此，就足以讓「溝通效果」大不相同。

至今我曾經歷過的「解雇危機」多不勝數，列也列不盡，寫也寫不完。但就這樣參考每一句從「非英語母語者」身上學來的常用句，我終於成功地找出生路。以往在會議上一句話都講不出來的窘境，彷彿不曾發生過。

現在，我在聚集了許多亞洲總部的新加坡，於微軟（二度回鍋）擔任總經理的職務。正因爲在全球化的實力主義世界裡，我不是以外派的身分，而是身爲整個部門中唯一的日本人，才得以成長至此。

## 「等等！那樣的英語不恰當！」
## 對英語母語者來說聽起來很負面！

關於剛剛我在「非母語者的商務英語・絕對規則」中提到的第二點「採取積極有禮的表達方式」這點，意外地似乎很多人都不知道。在工作上獲得高度評價的非英語母語者，絕對不會說出「讓英語母語者皺眉的話」。

讓我來考一下各位，以下 A 與 B 的說法有何不同？

A：I have a big problem.
B：I'm facing a big challenge.

A 想說的是「我遇到了一個很大的問題」，而 B 想說的也是「我正面臨著一個很大的挑戰」，那對英語母語的人來說，兩句話分別會產生什麼印象？

A：☹
B：☺

雖然兩者都表達了自己正在煩惱，但 A 會給人消極負面的印象，B 則給人積極正面的印象。

接著讓我再考一題。當你沒聽清楚對方說的話時，該怎麼向對方反應呢？

A：Once more, please.
B：Sorry?

那麼，我們來看看英語母語人士的反應。

A：😖
B：🙂

你很可能會以為 A 的說法比較有禮貌，但英語母語者對這說法似乎沒什麼好感。

乍看是 A 較有禮貌地提出請求，但其實這說法並不 OK。一般很容易以為加了「please」就沒問題，但實際上這聽起來像是在命令對方。

**不知各位是否已能理解，有些英語即使日常生活中使用不成問題，但一旦在商務情境中使用，便會讓你「徹底出局」！**

就像這樣，不同於「根本不會講」的情況，在商務英語的世界裡，直接使用日常會話層次的英語，有時是會造成業務上的損失的。而本書可以同時解決這兩個問題。

詞窮的狀況下，有「這種時候到底該怎麼講才好……」這樣的煩惱相當平常，完全不需介意。本書將逐一介紹在這類常見狀況下，

可以讓你發揮效果的實用句子。以英語爲母語的人並不會因爲非母語者不會英語，便予以排擠。只是，若用了令人失望的英語，確實會讓對方留下不好的印象。

## 光是知道可以使用哪些常用句，以英語對話時就會輕鬆很多！

每當我陷入困境，和我一樣的「非英語母語者」便會引起我的注意。他們雖然跟我一樣「不是以英語爲母語」，卻能在國際社會上做出成果、獲得好評，並且升官加薪。

例如，這些「非英語母語者」在「一定要讓這個企劃通過」時，會使用「launch」來給人一種朝著成功奮勇邁進的印象。要做某件事時不用「do」，而是用「execute」，好給人徹底實行的印象。

在國際社會上，對於以拒絕爲前提的案子，並不會像日本那樣說什麼「我會考慮看看」，而是很明確地拒絕，說出：**I can't accept your proposal.**」（我無法接受你的提案）。

越是觀察周遭，我就越是明顯地發現許多「非英語母語者」都是在實際嘗試的過程中，試圖找出在英語世界的通用方法。

像是用於關鍵時刻，就能讓對方願意支持自己的常用句，或是在即將遇上麻煩時使用可避免麻煩的常用句等，**非英語母語者所實行的技巧**」確實是有一些令人驚嘆之處。

# 商務英語所需要的，正是我們原本 就擅長的「敬語」和「關心」

在英語的世界裡生活了這麼久，我深深體會到就商務英語而言，「敬語」和「關心」可算是其兩大支柱。

許多「不是以英語為母語」的前人們前仆後繼地跳入國際社會，以反覆嘗試累積的經驗找到了生存的技巧。在國際企業裡，存在有「非英語母語者」為了能持續生存，而摸索出的「英語禮儀」。

那是若由母語者使用，有時會顯得有點耍小聰明的「英語」。但即使在對母語者來說稍嫌過分的表達方式裡，也是存在一些「非母語者」為了生存而使用的、恰到好處的「英語」。

基於「在英語為母語的世界裡，不需多說也能確實溝通、最低需求的英語表達為何？」這一思考，本書精挑細選了許多**非英語母語者一定要記住的常用句**」，還加上大量方便好用的相關表達方式。

活躍於全球的「非英語母語者」不會把「努力」說成「do the best」。因為這麼說會讓人覺得你是沒有責任感的人。

活躍於全球的「非英語母語者」不會把「我不知道」說成「I don't know」。因為這麼說會讓人覺得你很不可靠。

本書的編寫，正是為了讓各位瞭解這些在國際商場上理所當然的原則。雖然若要再進一步仔細介紹還有更多可講，不過本書收錄

的都是「只要學會這些，應該就不至於在國際商場上丟臉」的最精華內容。

第 1 章介紹的是「**對英語的 5 個誤解**」，第 2 章則介紹「**非母語菁英必須特別留意的『英語溝通』奧祕**」。姑且撇開細節不管，若你想儘快熟悉各種常用句，可從第 3 章開始讀起。

第 3 章是以「**有助於和英語母語者自然對話的常用句**」來介紹。雖說網路環境日益改善，但不「說話」就無法溝通交流。一開始，每個人都是互不相識的陌生人。而在這一章，我將介紹能讓「對話有好的開始」的常用句，想必會讓不擅長主動開口的人，以及想建立比業務關係更進一步人際關係的人都覺得滿意。在職場上，各種大小會議等內部事務就不用說了，而在與外部的互動方面，產生影響力、造成效果也很重要。這種時候有一些常用句可以好好利用。

然後，第 4 章介紹的主要是「**在很有可能遇到麻煩時，讓你可以不必哭著入睡的常用句**」。雖說在商場上總難免遇上麻煩事，但有時無法妥善說明緣由可能會導致你吃盡苦頭。這裡介紹的句子，有助於「用母語都說不清楚，更何況是要用英語」的人們。就算你在工作上很會察言觀色，但用英語還是什麼都說不出來，反而會讓這個優點變成致命傷。對此，我挑選許多可用於應對的實用句子，全都是從自身艱苦的真實經歷中所學會的。

第 3 章與第 4 章，也包含了專欄（Column）的內容。本書將所有我 20 幾年前就需要的 550 個實際常用句子一次介紹給各位，希望大家充分活用。

此外，你在前半部內容中所學到的關鍵詞句，在後半部內容中也隨處可見。這樣的設計是爲了讓各位只要從第 3 章開始依序閱讀，便能自然提升詞彙能力。比起跳著看，應該更能加深各位的理解。

你的英語能力不能一直停留在初學者程度，希望有越來越多人能成爲「可活躍於全球的非英語母語者」。

STAY GOLD ！

# 目錄

CHAPTER 1

## 亞洲人對英語常見的 5 個誤解

CHAPTER 2

## 非母語菁英特別留意的「英語溝通」奧祕

# CHAPTER 3

## 再怎麼嘴笨口拙也能與母語者侃侃而談
### ──有助於自然對話的 49 個關鍵常用句

CHAPTER 4

# 在不引起對方不悅的前提下確實傳達己意
## ──讓你可以不必哭著入睡的 40 個關鍵常用句

## 如何閱讀本書

在一般的商務情境中，只要一轉換成英語，就說不出話來！儘管絞盡腦汁勉強擠出一兩句，對方的臉色卻不太好！難道是我說了冒犯對方的話嗎？

為了避免這種事發生，本書將介紹在各種情況都能有效救援的常用句子，並提供解說。

### 關鍵詞句

介紹在商務情境中，為了使事情順利進行時可用的有效常用句。

### 商務英語會話

依據實際的溝通互動範例來想像自己講話的感覺。

## 就算不認識，也要道早安。展現你的存在感！

**Good morning!**
**How's your life treating you?**
早安！你好嗎？

| | |
|---|---|
| A: Good morning! How's your life treating you? | 早安！你好嗎？ |
| B: Good morning. (It's treating me) Very well. | 早安。我很好。 |
| A: Yes, you always look so great. | 你確實總是看起來很好。 |
| B: Thanks for your kind words. You look happy too. | 謝謝，你真客氣。你看起來也很開心。 |
| A: You're right. | 沒錯。 |

### ✓ 越是不順利的時候，越要有精神地打招呼！

溝通能力強的外國人在打招呼時有兩個要點。第一點是「對不認識的人也很友善」，第二點是「要大聲又有精神」。外國人都很習慣地有精神地開口打招呼，即使是偶然搭上同一台電梯的陌生人，也會予以簡單問候。

回想起來，在我那「1 年 2 個月零業績」的時期，沒業績的心虛感讓我連跟人打招呼都出現困難。當周圍的外國人同事們一個個

都成功簽到大案子時，我卻失敗了超過一百次以上，棄守了無數
多的業務提案。由於失去自信，我出勤時都是默默走進辦公室，
不跟任何人互動。正因如此，所以也無法獲得任何人的協助，無
法跟任何人商量，無法突破困境。

而改變了我那種糟糕工作狀況的第一步，就是「打招呼」。我的
韓國人、中國人、泰國人同事們，即使英語都有著濃厚的口音，
也還是很有自信地工作並做出了成果。仔細觀察他們後我發現，
他們都會「有精神地打招呼」，而且和其他的外國人相處融洽。

於是我也鼓起勇氣，開始在早上嘗試以稍微高昂一點的情緒來
打招呼，企圖擺脫負面螺旋。我大聲說「Good Morning!」，
跟沒交談過的人打招呼，逢人就問「**How's your life treating
you?**」（你好嗎？），可能是不同於一般的「How are you?」
而故意用「How's your life treating you?」這種說法顯得很有
趣的關係（兩句話的意思是相同的），被我問候到的人都因這句
話而露出笑容，漸漸變得願意跟我多聊兩句。

讓我們學習更多其他的講法！

* Hi! How's it going?
  嗨！你好嗎？
* Good morning! How's everything?
  早安！你好嗎？
* Hello! How are you doing?
  哈囉！你好嗎？
* Good morning! How's life treating you?
  早安！你好嗎？
* Hello! How's your life been treating you?
  哈囉！最近過得怎樣？

讓我們學習更多
其他的講法！

為了避免千篇一律，
也請挑戰看看其他不
同的講法。

# 亞洲人對英語常見
# 的 5 個誤解

## 全世界每 5 人中，有 4 個人不會說英語！？

世界的標準語言是「英語」，據說這點在未來至少幾十年內都還不會改變。而依據世界經濟論壇所公布的報告，全世界說英語的人口估計約有 15 億人。

換言之，**全世界每 5 人中，就有 4 個人不會說英語**。雖然人們常說亞洲人不會講英語，但你必須理解一個事實，那就是其實有很多除亞洲人以外的外國人也都不會說英語。

由布魯金斯學會都市政策計劃所彙編的報告指出，**即使在美國，每 10 人中也有 1 人被認為「英語不好」**。

去年，我因為工作的關係去了一趟邁阿密，但我發現那兒約 3 成左右的人不太會講英語，只用簡短的英語字句來對話。即便是在美國，每 10 人之中就有 1 人英語能力不足，不會說英語的人口比例遠比我們想像的更多。

## 英語人口中，有80%都不是以英語為母語！？

而且世界經濟論壇也提到過，以英語為母語的人口不到 4 億。原來在全世界約 15 億使用英語的人口中，以英語為母語的人只占了20%左右。實際上**英語人口中 80%的人，都是將英語做為第二外語使用的「非母語者」**！

大學畢業後，我幾乎每天都使用英語，20 多年來一直從事著國際性的工作。曾在外商管理顧問公司德勤、埃森哲（原安達信管顧）、微軟等企業任職，也曾管理多達 15 國以上的外國人團隊。在目前所任職的新加坡微軟裡，更有近 60 種不同國籍的人一起工作。

依我的經驗看來，美國、英國、澳洲等以英語為第一語言的「母語者」確實是少數。而來自新加坡、馬來西亞、泰國等東南亞國家，以及來自中國、印度、韓國等亞洲國家，還有來自法國、德國、荷蘭等國家的人們，和世界上其他許多不是以英語為母語的外國人，都使用英語工作。

英語人口的 80％都是非母語者──許多不是以英語為母語的人都使用英語交談，即使文法或發音不完美也不介意。**就算你說出了不正確的英語，也沒人在乎。這就是商務英語的真實情況。**

## 非母語者的英語才是世界標準！？

各種工作相關的資料、合約資料、提案資料等稍難的文件，很多地方都要使用英語，而我每天都要和許多外國人討論，並製作這些文件。

在這過程中我逐漸體會到，其實非母語者的英語已成為世界標準。的確，母語者的英語發音漂亮，說起話來又流暢，還知道很多不同的表達方式。但我親眼目睹過無數次，非母語者也能用英語有效傳達訊息。

即使生在不以英語為官方語言的國家，也能夠巧妙運用英語活躍於全球的領導者相當多。活躍於世界各地的商業領袖們，很多也都是非英語母語者，他們就算使用明顯不同於母語者的英語，依舊能夠清楚傳達自身想法、驅動周遭的人們，進而撼動世界。

容我再強調一次，英語人口的 80％都是非母語者。現在，和我們同樣為非母語者所使用的英語，已逐漸成為世界標準。更何況，非母語者的人口還在不斷增加。

因此，不要害怕自己無法像母語者那樣快速又流利地說出一口漂亮的英語，身為英語人口中 80％的非母語者，你必須先以「**能夠實際、充分地使用英語**」為目標努力才行。

## 英語是一種就算發音和文法都不完美，也能夠溝通的語言

想必有很多人都因為明明從國小、國中就開始學英語，但至今卻仍無法說出一口如母語者般漂亮的英語，於是就對講英語一事遲疑不前。

但是，新加坡人完全不在意文法或發音，大方地以「OK lah！」「CAN！CAN！」的「新加坡式英語」（Singlish，亦即帶有強烈新加坡口音的英語）回覆。而印度人也以強烈的「R」口音聞名全球，但他們也全然不在意，以明確有力的英語說出自己的想法，並領導討論。

對我們來說，現在最重要的，**是要把英語定義為「可能性」，定義為「溝通工具」**（Communication Tool）。基本上，我們的英語到底正不正確，是由聽我們說英語的人來判斷。和外國人一起工作時，就算英語發音不好，英文文章寫得很笨拙，也不會有人來糾正你的發音、訂正你的文法。

我長年在海外工作的感覺是，在說英語方面，其他的亞洲人都比日本人更不害怕失敗。馬來西亞、印尼、泰國、越南等國家的人們，很多都比日本人更害羞、靦腆；但他們都不在乎「R」及「L」的發音差異或文法等等，反而能夠積極地嘗試以英語溝通。

因此，東南亞的人雖然各自說著帶有不同母語特色的奇怪英語，可是他們的英語溝通能力卻比日本人好上許多。

另一方面，日本人的英語其實也並不真的那麼糟糕。令人驚訝的是，一旦在東南亞工作便會發現，美國人、英國人及澳洲人等英語母語者，都經常稱讚「日本人的英語很容易聽懂」。

身為日本人，最令我開心且自豪的，就是日本的高教育水準。但由於在義務教育中扎扎實實地學習了英語，所以日本人的英語語調及發音都很呆板、平淡。雖說商業上不會用的英語措辭根深蒂固又是另一個問題，不過比起東南亞人的濃厚口音，日本人講的英語一般都被認為是相對較有禮貌、文法錯誤少且容易理解的。

各位應該要拋開對英語母語者的自卑感，以及由本國英語教育所導致的創傷（亦即堅信發音與文法不完美就無法溝通）等咒語的束縛，勇敢跳進英語的世界。這樣應該就能真實體會到，**英語是一種即使發音、文法不完美，也能夠溝通的語言。**

# 所謂的「不歧視他人」，
# 也包含缺乏英語能力的人

近年來，海外的大型企業經常使用「Diversity & Inclusion」（多元與包容）這一詞彙。過去一面倒的「不可歧視黑人」禁忌，在今日進化成了「不可因種族、國籍、性別、年齡、障礙、少數性傾向（LGBT）、宗教、文化等各種因素而歧視任何人」。

對我們這些非英語母語者來說，最值得高興的，就是這樣的禁忌也包括了「**不可歧視缺乏英語能力的人**」。

例如，在我任職的公司裡，已經發展出「對英語不好的人心存歧視、而不聽對方講話的人會被降評」這樣的系統。其目的就是要大家理解世上不會英語的人很多，對於非英語母語者必須要抱持著不歧視且尊重的態度。

藉由經驗、擅長的領域及價值觀的多元化，「正因為每個人都不一樣，因此當所有人的智慧匯聚在一起時，便會產生無限大的可能性」這一觀念，正廣泛普及於全世界。

今日，工作不再採取第一人稱「I」（我），而以「We」（我們）或「One team」（一個團隊）來進行工作，往往更能獲得好評。對我們來說，這樣的工作環境是更合適、更自在的，實在沒理由不好好加以利用。所以別再拘泥於發音及文法了，當下能展現多大的影響力，才是重點所在。

# CHAPTER
## 2

# 非母語菁英特別留意的
# 「英語溝通」奧祕

# 「親切有禮的措辭」比「漂亮的發音」更重要

雖然多數新加坡人都是以英語爲第一語言，但在日常生活中，他們都使用一種具獨特口音、所謂的「新加坡式英語」（Singlish）。那個口音重到連英語母語者都不會意識到他們是在講英語。有鑑於此，新加坡的學校和電視節目都不使用新加坡式英語，而是建議大家使用發音漂亮的英語。

實際上，在企業的聘雇方面，比起畢業於亞洲第一的新加坡大學、但有著濃厚新加坡英語口音的新加坡人，畢業於澳洲沒沒無名大學但說著一口漂亮英語的人，確實更受好評。

這和日本人偏好東京標準語而非其他地區方言是一樣的。進入埃森哲工作時，我也曾因爲被指責「關西腔讓人聽了很不舒服」，而特地改爲標準語。不過在英語世界裡，就算發音很漂亮，不具備英語國家的常識也不會成功。就算是只會講新加坡式英語的新加坡人，**若能夠關心對方並採取親切有禮的措辭，也會受到高度讚賞**。

看著許多留學澳洲、英國，說著沒有口音的漂亮英語的新加坡人活躍於商場，我也曾一度覺得英語發音的好壞，是在國際上成功的一大要素。

但其實現在想想，那時的我只是把不會英語當成藉口，選了個讓自己輕鬆的解釋方式罷了。在新加坡，我與來自不同國家的人們一起工作，在認識許多非英語母語但仍活躍於全球的優秀人才後，

我才終於瞭解到，**能考慮到對方並親切有禮地進行溝通的人，才能夠眞正地獲得好評。**

具備海外常識的新加坡人，就是因爲培養了能夠從不同想法中發掘價值，對不同種族、文化及宗教產生興趣的所謂「Growth Mindset」（成長心態）而備受讚賞。

所謂「跳進英語的世界」，就是從 1 億 2 千 7 百萬人的日本跳入15 億人的世界。**而極度多元的環境，對於「Trust」（信賴）和「Respect」（尊重）有著強烈需求。**

所以請建立起能讓對方說出「因爲你值得信賴所以我願意合作」、「既然我所尊重的你如此強力要求，那麼我也會出手協助」這類話語的互信關係。爲此，在平日的溝通交流中，就不能自以爲是，務必牢記在應對時總是要顧慮到對方，並且禮貌周到。

## 不論對方是誰，都要表現出「尊重」與「關心」

我想對於英語這個語言，很多人都有著「友善而誇張」的印象。而深信英語不同於日語，認爲英語缺乏細膩優雅之處的人，想必也不在少數。

但我和許多外國人一起工作的感想是，英語其實和日語一樣，也有很多的敬語及禮貌用語。**在國際化的環境裡工作，能否妥善運用敬語和禮貌用語，可說是攸關生死的大問題。**

日本是縱向社會，需要依據對方的年齡、職位、地位是高於自己還是低於自己，來分別使用合適的敬語或禮貌用語。但在國際社會中，則是以人人平等為前提互相尊重。

像日本上司對部屬那種命令般的講話方式，當然是絕對不行。即使是部屬，不論其立場、年齡、性別為何，不管你面對的是誰，都必須親切有禮地與之互動、應對。

也就是說，**你必須妥善運用敬語及禮貌用語，要能夠在英語的溝通過程中，表現出對對方的尊重與關心。**

至於對待他人的方式，外國人其實比我們想像的還更小心，而工作越是做得好的人，在這方面的英語掌握度就越高。甚至還會依時間、地點、場合等，靈活巧妙地運用不同的措辭與表達方式。

在工作上，如何讓周圍的人參與變得越來越重要。因此，能否在意識到這一點的狀態下，改變英語的表達及溝通方式，可說是極為關鍵。

## 所謂協調性，是能夠不配合周遭，勇敢地說出自己的意見

在國外，最令我們驚訝的事情之一，就是外國人的發言真的很踴躍。相反地，為了避免「樹大招風」，我們通常都傾向不要發言。然而在國外，與他人意見不同被視為再自然不過，他們認為正因為有這樣的差異，才會產生新的價值觀。

在我所任職的新加坡微軟裡，聚集了來自約 60 個不同國家的人，混合了很多語言及文化、宗教、價值觀。因此，大家都不會在意「周遭的人是怎麼看我的？」、「好像必須要配合周遭才行」等等，**而是將不同於他人的差異，當成自己的優勢及魅力來發表意見，並進行工作。**

與他人意見不同，並不代表就無法兼顧東方文化所重視的協調性。相反地，即使在海外，**「有利於使團隊成果最大化的協調性」**也很受重視。

雖然和別人不同是好事，但自以為是的意見只會引發反感，被人們疏遠而已。在國外，人們必須相互認同彼此的個性，並交換具建設性的意見。要透過積極衝撞彼此意見的方式來活化討論。

若你也想在公開場合落落大方地說英語，就不要因為自己的英語發音、腔調、用字遣詞和他人不同而覺得丟臉，請把這當成是「差異」就好。即使身邊有英語非常好的人，也不需膽怯，就說出你自己的英語就好。別以自己現在的英語為恥，要多多表達自己的意見。

## 世上沒有英語不出錯的非母語者。
## 多犯錯才能培養好的英語能力

在全球化的工作環境中,失敗為人們所欣然接受。工作的目的在於創造更好的成果,而「不曾失敗、從不犯錯」則被認為是「不曾做過任何挑戰」。

實際上,我在埃森哲初次以部門主管身分進行聘雇面試時,當時的上司便曾建議我「請記得問問應徵者以往有哪些失敗經驗」。他還說:「不曾失敗,也沒有過痛苦、困難經驗的人,一定要刷掉才行,切勿錄取。」

不止埃森哲,我在德勤管顧及微軟也都曾獲得同樣的建議。也就是說,在國際企業裡,失敗有可能發生在任何人身上,所以他們要的是具備勇於挑戰新事物經驗的人,**尤其是能夠探究失敗原因進而繼續貪婪學習、兼具「Growth Mindset」的人。**

正因為必須在變化劇烈、看不見前方的世界做生意,所以在國際社會上,「Growth Mindset」被視為最重要的條件。

其實我自己也曾經歷過許多失敗、犯過很多錯。剛開始在新加坡工作時,我一度因為無法聽懂別人說的英語、無法與外國人順利溝通而消沉、沮喪。但正因曾有過這樣的經驗,我現在才有能力和世上各式各樣的人們順利溝通。

之前在德勤管顧工作時,我還曾經歷過「1 年 2 個月期間零業績」

的慘況。當時是以新加坡為基地，在全亞洲對日系企業的管理高層進行業務推廣。我還記得，以才三十出頭的年紀，我就能挑戰通常都由所謂「合夥人」或「總監」之類資深老手們負責的顧問業務，那份喜悅令當時的我熱血沸騰。然而實際開始進行之後卻發現，我甚至連一個小小的案子都拿不到。

說起來真的很沒面子，當大家都從新加坡坐飛機去馬來西亞的吉隆坡時，只有我一個人是坐長程巴士去拜訪客戶。

於是我徹底失去自信，或許是心理作用的關係，本來很自豪的飛機頭造型也開始下垂，甚至還出現自律神經失調的症狀。原因不明的頭痛困擾著我，一到公開場合就變得口齒不清，我很害怕再這樣下去，自己或許再也無法以社會人士的身分正常地工作。

雖然是我在自說自話，但我真的認為自己曾經歷各式各樣的失敗。而多虧了那些失敗，我現在才能夠在全是外國人的部門裡，以新加坡為基地，擔任日本、澳洲、韓國、紐西蘭的授權審核業務負責人。

儘管遭受挫折，但只要堅持不懈地努力，持續累積成功經驗，某天必定能突然大幅成長，那時應該就不會再害怕失敗了，使用英語工作這件事也一樣。其實這樣的精神，是我從長達 20 多年的工作經驗裡學到的。現在，我能夠讓以英語為母語的部屬服從，而面對以英語為母語的顧客，我也能夠主動擔負起困難的交涉工作。在全球化的環境中，**我不知撞到了多少次英語的高牆，但正因如此，我才培養出在海外也能持續工作的英語能力。**

我認為學習英語，就差不多等於開拓未知的世界。在挑戰不懂的事物時，失敗在所難免。在英語方面，我到現在都還是有可能犯錯。語言就是這麼深奧的東西。

對我們這些非母語者來說，講英語時犯錯是理所當然的。雖然犯錯會讓人覺得丟臉又挫折，不過請別在意，要盡量多多犯錯才好。

## 聽不懂對方說什麼的時候，即使是很小的事，也要以「Sorry?」再問一次

如果你想學習英語，那麼，除了表達自己的意見外，在聽不懂的時候勇敢開口問也很重要。即使是和自己母語相同的人講話，也有可能聽不清楚或聽不懂。雖然很多新加坡人都以英語為第一語言，但在會議中，仍經常以「Sorry?」（你說什麼？）等再問一次。

在日本，人們存在有「聞一知十」等觀念，也就是「聽的人應該要理解一切」，因此對於提問可能會有所遲疑。但是在不同國籍、宗教、語言混在一起的英語世界裡，價值觀也各自不同，一般會認為**「聽的人若是聽不懂，就表示說的人沒有盡到溝通傳達的義務」**。因此，聽的人能夠毫無顧忌地隨時開口詢問。

實際上，在海外的研討會或會議中，最令人驚訝的，是從簡單的定義到最基本的會議目的、幾點結束等對日本人來說屬於「竟然連這個也問？」的問題，都有人問。

自從知道「聽的人聽不懂，是說的人要負責」這一英語國家的觀

念後，對於提問，我就變得不再遲疑。而且不只是在使用英語的場合，即使是和日本人開會，我提問的頻率也增加了。身旁甚至還有些日本人跟我說：「我也沒聽懂，真是多虧有你幫忙問清楚。」沒想到竟因為提問而被人感謝了呢。

務必牢記「問了恥一時，不問恥終身」，畢竟開口問不僅有利於自己，也能幫助周圍的人。因此，對於「含糊不清的部分」或是「不懂的部分」都別遲疑，要勇敢地開口問。

# 身為非英語母語者，<br>更要採取先下手為強的占優勢策略

在這世上，我們必須妥善運用各國人的力量來推進工作。一個人再怎麼厲害，單槍匹馬也做不了什麼事，因此，需要把不同國家的人們一起拉進來，以順利完成工作。換言之，你必須具備領導力，且要能夠釐清目的並驅動人們才行。

**而正因為身為在英語溝通上有障礙的非母語者，才更應該先下手為強地搶先發言。**第一個開口，藉由說出自己想傳達的內容來取得現場的主導權。

當然，為了要能夠採取先下手為強的行動，你必須做好準備。所謂領導力，可不是擺出一副很了不起的樣子就好，而是要站出來引導討論的方向並活化討論。

在英語環境中工作時，我也總是謹記要「**第一個發言**」。就算不

是第一個，也要盡量做到「**至少是前三個發言的**」。在日本，最後一個發言以便統整意見的人往往較容易獲得高評價，但在國外，單純的意見整理並不會獲得讚賞。能夠主動率先活化討論以找出解決方案的人，才會被認為具有領導力。

以前，我光是用英語發言就很辛苦了，更別說是要站出來促進討論，那簡直就是天方夜譚。但有趣的是，當我鼓起勇氣試個3次左右後，便開始習慣那種壓力。像這樣嚴以律己的努力，也會自然地讓周遭感受到。**外國人也會注意到非母語者在英語方面的努力，並給予好評。**

請務必牢記，即使英語能力不足仍要勇於發言，要充分發揮自己的優勢與現有的知識、智慧，努力搶先一步採取行動才行。如此一來，就算是在英語環境中，也一樣能夠發揮領導力。

## 說英語時，高層次的內容要用「短句子」來說，不要用長句子

一直以來人們都認為，在以英語表達自身想法的時候，「High Contents, Simple, Short and Slow」是重要關鍵。其意思是「**在談論高層次的內容時，要使用簡單的詞彙、簡短的句子，並且慢慢說**」。

在海外工作的過程中，我獲得了不少主管或精神導師的建議，而其中讓我覺得最具實際效果的，就是「以短句子說英語」這個建議。以往，我一直深信使用長句子說話比較能給人知性的印象，

沒想到那竟是大錯特錯。能讓人覺得聽起來很有自信，又能確實傳達自身想法的，其實是短句子；而長句子甚至反倒可能減損精準俐落的形象。

尤其是那些活躍於英語國家的資深領導者們，一旦對他們用長句子提出鬆散的問題，很可能就會被貼上標籤，被認為是「浪費他人寶貴時間又做不好工作的傢伙」。我現在的主管曾給我一個建議，就是在問問題之前，要先在腦海中反覆打多次草稿、**刪去重複的句子，然後只丟出最精簡的問題。**

將精簡的高層次內容問題，用簡單的詞彙、簡短的句子，慢慢說出來好向對方確認。結果便是我不僅贏得了信賴，同時還獲得了令人滿意的答案。

我那位印度人主管，一直到出社會為止都不曾離開過印度，也不曾有機會和除了印度人以外的人交談，但他現在卻是以「全球負責人」的身分工作。正因為他以非英語母語者的身分，贏得了這份於全球發揮領導力的事業，故其建議令人感覺格外可靠。

在日本，人們往往以「能用長句子寫英文文章＝英語好」的標準來判斷，所以英語越好的人，就越傾向努力使用長句子。但對外國人來說，長句子容易引起溝通上的誤會，而我們這些非英語母語者，就是希望盡可能降低因英語障礙而容易產生的溝通錯誤風險。**與其冒無謂的風險，使用短句子來確實表達自己想說的，才是上策。**

# Structured Communication，
# 以「3C」說出簡單易懂的英語

過去和主管談話時，我曾以英語能力不足，來做為自己無法妥善管理全球專案的藉口。於是，當時我的印度人主管這麼跟我說：

「你的英語已經說得很好了。工作之所以做不好，是因為你無法確實傳達你想要傳達的內容。而之所以無法有良好的語言溝通，其實是因為你自己沒有明確的意見。」

也就是說，他在提醒我，比起英語能力，我自己的意見及表達方式，還有我的想法本身根本不明確，這些才是問題所在。另外，他還說了一段話，深深影響了我對英語的看法。

「我們這些非母語者，不需要講出一口漂亮的英語，而是要能夠傳達自己想傳達的。重點在於 **Clear**（明確）、**Crisp**（簡潔）、**Concrete**（具體），傳達意見時要注意這 3C。換言之，非母語者的英語必須是『**Structured Communication**』（邏輯化、結構化、能夠簡單易懂且輕鬆傳達的溝通能力）。」

他以全亞洲業務負責人的身分發揮領導力，是對我影響最大的主管之一。如此傑出的他，竟說自己以前曾多次被人指責「實在聽不懂你在講什麼」，令我非常驚訝。藉由使用「Structured Communication」的方式練習而克服英語能力不足的問題後，他才終於能以全球領導者之姿活躍至今。同為非英語母語者，他的努力給了我很大的勇氣。

附帶一提，雖說印度人總是給人英語流利的印象，但其實我身邊的印度人各個都爲了能夠說好英語，持續付出了相當多的努力。據說我的主管直到大學畢業爲止都不曾說過英語，是畢業後到位於印度的美國大型飲料製造商工作時，才第一次開始用英語工作。

自從聽了主管的那番話，我就再也不以英語能力不足爲藉口，並開始注意「Structured Communication」。在用英語做簡報或開會之前，我都會先把該講的內容整理好，也把要問的問題準備好，並練習將自己的想法簡潔且邏輯分明地表達出來。

非母語者的我們很難說出一口如英語母語者般漂亮的英語；但就算是這樣，也存在著可做爲武器的英語表達方式。在接下來的第 3 章及第 4 章，我便要爲各位介紹「即使是非母語者，也可在英語國家使用的精選常用句」。若能夠結合「Structured Communication」一起運用，你的英語表達能力就會大幅提升。

# 再怎麼嘴笨口拙
# 也能與母語者
# 侃侃而談

有助於自然對話的
**49** 個關鍵常用句

# CHAPTER 3

## 重點整理

# "出勤定勝負！
# 打贏一早的資訊戰！"

在較常見到公司內部人員的上午時段，積極對話可說是非常重要。若是不夠積極，有時可能一句話都沒講到，一天就結束了。故請務必主動與人交談。

# 就算不認識，也要道早安。
# 展現你的存在感！

## Good morning!
## How's your life treating you?

早安！你好嗎？

| | | |
|---|---|---|
| **A:** | Good morning! How's your life treating you? | 早安！你好嗎？ |
| **B:** | Good morning. (It's treating me) Very well. | 早安。我很好。 |
| **A:** | Yes, you always look so great. | 你確實總是看起來很好。 |
| **B:** | Thanks for your kind words. You look happy too. | 謝謝，你真客氣。你看起來也很開心。 |
| **A:** | You're right. | 沒錯。 |

## ✓ 越是不順利的時候，越要有精神地打招呼！

溝通能力強的外國人在打招呼時有兩個要點。第一點是「對不認識的人也很友善」，第二點是「要大聲又有精神」。外國人都很習慣有精神地開口打招呼，即使是偶然搭上同一台電梯的陌生人，也會予以簡單問候。

回想起來，在我那「1 年 2 個月零業績」的時期，沒業績的心虛感讓我連跟人打招呼都出現困難。當周圍的外國人同事們一個個都

成功簽到大案子時，我卻失敗了超過一百次以上，棄守了無數多的業務提案。由於失去自信，我出勤時都是默默走進辦公室，不跟任何人互動。正因如此，所以也無法獲得任何人的協助，無法跟任何人商量，無法突破困境。

而改變了我那種糟糕工作狀況的第一步，就是「打招呼」。我的韓國人、中國人、泰國人同事們，即使英語都有著濃厚的口音，也還是很有自信地工作並做出了成果。仔細觀察他們後我發現，他們都會「有精神地打招呼」，而且和其他的外國人相處融洽。

於是我也鼓起勇氣，開始在早上嘗試以稍微高昂一點的情緒來打招呼，企圖擺脫負面螺旋。我大聲說「Good Morning!」，跟沒交談過的人打招呼，逢人就問「**How's your life treating you?**」（你好嗎？），可能是不同於一般的「How are you?」而故意用「How's your life treating you?」這種說法顯得很有趣的關係（兩句話的意思是相同的），被我問候到的人都因這句話而露出笑容，漸漸變得願意跟我多聊兩句。

讓我們學習更多其他的講法！

* Hi! How's it going?
  嗨！你好嗎？
* Good morning! How's everything?
  早安！你好嗎？
* Hello! How are you doing?
  哈囉！你好嗎？
* Good morning! How's life treating you?
  早安！你好嗎？
* Hello! How's your life been treating you?
  哈囉！最近過得怎樣？

# 如何輕鬆自然地進一步詢問？

## How's your work going?

你的工作狀況如何？

A: How's your work going?

你的工作狀況如何？

B: **Thankfully, I just closed a big deal last week.**

我上週剛完成一筆大交易，謝天謝地。

A: **Congratulations! What was it?**

恭喜啊！是什麼樣的交易呢？

B: **This was one of the biggest deals of my career.**

這算是我職業生涯中最大的一筆交易之一了。

A: **That's great. Sounds fantastic!**

那很棒耶。聽起來真是太厲害了！

## ✓ 與同事間的對話充滿了各種新發現！ 關鍵在於要早上問，別在晚上問

我想在日本，接在「早安」之後的晨間話題應該是一些毫無意義的閒話家常。但職場上的印度人、中國人及馬來西亞人等非英語母語者，卻是從一大早就開始交換「工作近況」、「在哪個國家有哪些工作需求？」、「○○公司要進軍亞洲，正在徵人」等深入的工作資訊。對此我曾一度回應「你別一大早就聊起這種像喝酒時聊的話題啊！」，結果對方的回答是「但我就是想知道啊！」。這答案令人恍然大悟。「原來不一定要顧慮對方，也可以問自己想問的事！」

於是從那時起，我一早就會用「**How's your work going?**」（你的工作狀況如何？）這個句子，來把話題導向我想知道的公司最新動向，或是客戶公司的相關資訊。當然，我並沒有自顧自地一直逼問對方。為了讓雙方的往來對話能夠和諧順利，我會在確保對方能聊得輕鬆愉快的同時，讓對方說出我想知道的事。

先以「Good Morning! How's your life treating you?」（早安。你好嗎？）打過招呼後，再使用「How's your work going?」這句，**透過如開話家常般的輕鬆風格，把話題引導至與工作有關的資訊上**。以開朗友善的方式丟出話題，應該就能問出各種類型的工作資訊或是公司的最新消息。

最重要的是，**就算對自己的英語能力沒信心，也要努力在開朗的問候之後多加一句試試**。請記得，對話之中潛藏著哪些訊息真的很難說，所以要用心探索商業資訊才行。

讓我們學習更多其他的講法！

+ How is your work?
  你的工作如何？

+ How are things with work?
  工作順利嗎？

+ How is your work getting along?
  你的工作狀況如何？

+ How's your business going?
  你現在的生意怎樣？

+ How are things going at your company?
  貴公司狀況如何？

# 先問「你有空嗎？」是基本禮貌

## Do you have a minute?
你有空嗎？

A: **Do you have a minute?**　　　　　　你有空嗎？

B: **Of course.**　　　　　　　　　　　當然。
**But I have a meeting 10**　　　　　不過我 10 分鐘後有個會要開。
**minutes later.**

A: **No problem.**　　　　　　　　　　沒問題。
**So, let me quickly ask you**　　　　我很快地問一下你的交易狀況。
**about your deal.**

B: **Sure. I spent over 1.5 years**　　　好的。我花了超過一年半的時間，
**and finally closed it.**　　　　　　終於把它完成了。

A: **Wow. That's amazing!**　　　　　　哇。真是太棒了！

## ✓ 問問題時，一定要讓對方有選擇權！

在海外，由於在家工作及遠距工作等都很普遍，因此，有時去公司上班卻發現辦公室裡空無一人。在這樣的環境裡，**非英語母語者不論見到什麼人，都像是遇到了收集資訊的寶貴機會，總會上前去聊個 1～2 分鐘**。甚至還可能因為想進一步要求對方撥空，而表示「我想再進一步瞭解你剛剛說的事情」、「我有事想請你幫忙」等。這種時候，就必須先插進一句「**Do you have a minute?**」（你有空嗎？）來做為有禮貌的「緩衝」。

若是直接問說「我可以問你問題嗎？」，對方會覺得一旦拒絕就很抱歉，因此這種問法便成了「實際上無法說『No』的問題」。**所以要問「你有空嗎？」**，這樣等於是把「雖然想聊，但因為沒時間只好拒絕」這個選項也提供給對方，「讓對方可以選擇」，藉此做到客氣有禮。**在商務英語中，不給對方選擇的問法可說是極為失禮**，請務必記住這項英語會話禮節。

此外，這個「緩衝句」也可用在與同公司的人講電話的時候。即使是要打分機給坐在從自己的座位看得到的同事，通常也不會直接就打過去。因為對方有可能正在處理急件，所以在打電話前先用通訊軟體傳一句「Do you have a minute?」，等對方回 OK 後，再打給他。

當我每次想要請教別人的時候，也都會先加這句「Do you have a minute?」，而或許就是因為有了這句，我被拒絕的機率並不高。正所謂「When in Rome, do as the Romans do.」（入境隨俗），請記得以英語國家的方式來收集資訊喔。

讓我們學習更多其他的講法！

◆ Do you have a moment?
你有空嗎？

◆ Are you free right now?
你現在有空嗎？

◆ Are you available to talk?
你現在有空說話嗎？

◆ Can I have a quick chat?
我可以簡單跟你聊一下嗎？

◆ Can we talk now?
我們現在可以談談嗎？

# 想要再多問一點。
# 如何才能夠問出「細節」？

## Could you explain that in more detail?
你可以再解釋得更詳細一些嗎？

**A:** Could you explain that in more detail?　｜　你可以再解釋得更詳細一些嗎？

**B:** Certainly. I couldn't do this without the team members.　｜　當然。若沒有團隊成員們的支持，我是做不到的。

**A:** Oh, really?　｜　喔，真的啊？

**B:** Yes, it was really a team effort.　｜　是的。這次真的是團隊合作的成果。

**A:** Sounds very interesting!　｜　聽起來很有趣呢！

## ✓ 時時深入挖掘商務談話及商業資訊，在公司內外建立人際網路

從主管或同事那兒打聽到了新的商業資訊，若只是稍微問問，肯定無法深入理解，並做為自身知識來加以發揮，因為通常都只會獲得輕描淡寫的簡要說明而已。

若是想獲得更符合自身需求的深入資訊，那麼，可用「**Could you explain that in more detail?**」（你可以再解釋得更詳細一些嗎？）這句話來請對方更具體地說明。基本上，公司組織都有許多縱向分割，因此，很多時候甚至連哪個部門的誰在做什麼樣的工作等

資訊，都只能有大略的瞭解。

即使是公司內的部門架構，對非英語母語者的我們來說，往往也是相當模糊不清，所以會需要向許多不同的人探聽其工作內容和近況，藉此掌握哪個部門到底是在負責什麼樣的工作。而這類資訊在「發生問題」及「開展新工作」的時候就會發揮作用。

活躍於微軟和德勤管顧的**非英語母語者都致力在公司內外建立人際網路**。他們總是善用在公司內外與人相遇的機會，對人充滿興趣，會探聽別人的工作內容及近況、有無新的商務洽談等細節資訊，好增加有利於自身業務談判的寶貴知識。把眼光稍微放遠，嘗試深入挖掘並理解與周遭人們的工作及興趣相關的話題，這樣的態度不僅有利於你現在的工作，也能在未來的工作創造成功。

**與我們學習更多其他的講法！**

◆ Could you be more specific?
你可以再說得更具體一些嗎？

◆ Could you tell me more?
你可以再跟我多說一點嗎？

◆ Could you go into more detail?
你可以說得再更詳細一些嗎？

◆ Could you explain that a little further?
你可以再更進一步解釋嗎？

◆ Could you give some information?
你可以再給我一些資訊嗎？

# 希望對方特別為你保留時間的時候

## Could I see you sometime this week?
這週我們可以找時間見個面嗎？

**A:** **If you don't have time now, could I see you sometime this week?**
若你現在沒時間的話，這週我們可以另外找時間見個面嗎？

**B:** **Why not? I'll be available this Friday.**
好啊。這個星期五我有空。

**A:** **How about 2 pm Friday afternoon?**
那麼星期五下午 2 點如何？

**B:** **Sounds good.**
挺好的。

**A:** **Ok. See you then.**
好，那就到時候見了。

## ✓ 確實約好時間以向對方請益

就如先前已介紹過的，在日常工作中欲深入挖掘商務談話及學習資訊的時候，可用「Do you have a minute?」（你有空嗎？）來進行 5 ～ 10 分鐘左右的資訊收集。但若是想更進一步瞭解詳情的時候，非英語母語者們會用「**Could I see you sometime this week?**」（這週我們可以找時間見個面嗎？）這句話來請對方另外保留時間給自己。

一旦確實約好時間向對方請益，兩人的關係便會從單純的公司熟

人，**進階爲具有更強烈信任感的關係**。畢竟一般人對於只是偶爾站著聊聊天的點頭之交，大概都不至於涉入對自己沒好處的事去幫助對方。

海外的很多歐美企業都採取所謂的「精神導師制度」，而我一直都有充分利用這一制度。曾有一位精神導師告訴我：「你要跨越英語母語者、非母語者、日本人、外國人的隔閡，讓各式各樣的人成爲你的精神導師。」所以我都向來自各個不同國家、做著不同類型工作的人請益。我總會以「Could I see you sometime this week?」這句話來請他們空出時間跟我聊聊。

**重點不在於「你認識誰」，而在於「誰認識你」**。一旦「有很多各個領域的人都會在緊急狀況下幫助你」，你就能夠實現自己一個人絕對做不到的事。讓我們把人才網路轉變爲「人財」網路吧！

讓我們學習更多其他的講法！

- Could you talk about another opportunity this week?
  這週我們可以另外找機會談談嗎？
- Could we meet again this week when you have a chance?
  這週如果有機會，我們可以再見個面嗎？
- Are you available sometime this week?
  你這週有空嗎？
- Is there a good time for us to get together this week again?
  這週有什麼方便的時間可以讓我們再見個面嗎？
- Is it possible to see you again this week?
  這週我們有可能再見面嗎？

# 和英語能力同樣有力的表達方法

在與人溝通這方面，有一種稱爲「麥拉賓法則」（the rule of Mehrabian）的規則存在。亦即在傳達訊息給對方時，各種資訊的重要程度分別爲：言語資訊（內容）占 7%，聽覺資訊（語調及說話方式等）占 38%，視覺資訊（外觀、身體語言等）占 55%。也就是說，「外表及態度的傳達效果不亞於所說出的話語」。

我們和別人溝通時，並不是只有言語交流。在溝通過程中，我們同時也會接收對方的聲調、語氣和表情等資訊。即使講的是同一句話，笑著說和皺著眉頭說的溝通效果可是大不相同。在英語國家，溝通時眞的有必要稍微誇張地以比手畫腳的方式表達情緒。

首先是「眼神接觸」。在海外與人溝通時，眼神接觸非常重要。你必須先直視對方的眼睛以表達自己的關注，實際上，商學院的課程也強烈建議大家，爲了在磋商時勝出，交談過程中 60% 的時間都該看著對方。

其次是「手勢」。我想每個人應該都有過臉部表情或姿勢、動作等肢體表現，比起言語更能傳達自身情感的經驗。面對面講話時，加上手勢往往能更輕鬆順利地傳達自身想法。

很多非英語母語者，就是像這樣運用看似誇張的眼神接觸與手勢，將自己的想法傳達給母語者。

英語不只是語言而已。請妥善發揮眼神接觸及手勢的效果，和那些在全球活躍的非英語母語者一樣，確實傳達自己的想法。

# 不同單位及部門的夥伴
# 也必須好好交流才行！

若能與同公司的人多多交流互動，在公司
裡往往就能夠做出好成績。雖說對於不常
接觸的人總難免有點怕怕的，但只要能問
出對方想談的話題，多半就可讓對方卸下
心防並打開話匣。

# 「Long time no see!」不OK。商務上合適的問候語是？

## Great to see you again!
很高興再次見到你！

| | |
|---|---|
| A: **Hello!** | 哈囉！ |
| B: **Hi! Nice to see you again!** | 嗨！很高興再次見到你！ |
| A: **Great to see you again! How have you been?** | 很高興再次見到你！最近過得如何？ |
| B: **I'm fine. Thanks.** | 我很好。謝謝。 |
| A: **That's great!** | 那真是太好了！ |

## ✓ 久別重逢時，應強調彼此間的信賴並未減少

在海外跟人打招呼時，基本上都要「大聲又有精神」，而對於許久未見的人，則是要「**更大聲更有精神**」。雖然英語母語者都知道亞洲人通常比西方人害羞，可是一旦久別重逢時的反應很小，就難免讓對方覺得你「好像不怎麼開心」。這是因為他們覺得「開心的感覺是世界共通的，那種情緒會自然流露」。

所以懂得這個道理的非英語母語者，**和母語者隔了許久再次見面時，都會很誇張地表達開心的情緒**。他們藉由這樣的做法，**讓對方再次確認彼此間的信賴並未減少，進而使對方敞開心門**。若是希望今後繼續保持良好關係，就應該做出很大的反應。以前我對

於要誇張地表現開心情緒這點，也覺得很尷尬而遲疑，不過，基於「Practice makes perfect.」（熟能生巧）的原理，在一再採取誇張反應的過程中，很快便習慣成自然了。

另外補充一下，在朋友間經常用的「Long time no see!」（好久不見！）屬於較不正式的講法，並不適用於商務情境。

| | | |
|---|---|---|
| ◯ | **Great to see you again!** | 商務情境中的標準問候句 |
| ✕ | **Long time no see!** | 給人輕鬆隨便的印象，<br>不適合商務情境 |

即使是公司同事，若屬於朋友般的關係，那麼，確實可期望透過親近的話語來拉近彼此距離。但以商務英語會話來說，「Long time no see!」太直接了。就算是已見過好幾次面的熟客戶，用這麼輕鬆的講法也還是會讓人覺得怪怪的。

在商務英語裡，應使用「**Great to see you again!**」、「**It's nice to see you again.**」、「**It's been a while.**」等說法，而別用「Long time no see!」才不至於失禮。不論再怎麼如朋友一般熟稔，對客戶都絕不使用不尊敬的表達方式，這可算是生存於國際社會的非英語母語者風格。

此外，**初次見面時要用「meet」，第二次以後則用「see」**。由於不知道在第二次以後的會面中不能使用「meet」的人，意外地相當多，故請各位務必小心。

明明已是第二次見面，卻不小心脫口說出「Great to meet you again.」或「Nice to meet you again.」的話，對方（外國人）便會誤以為「這個人竟然不記得我們以前曾見過面」。

相反地，若是跟初次見面的人打招呼說「Happy to see you.」，則會讓對方因為一個小小的單字選擇錯誤，而困惑地覺得「欸？我們以前有見過嗎？」。請記住「meet」並不只是「見面」而已。

日本有句俗話說「親近而不失分寸」，在英文中也有類似意義的諺語存在，那就是「A hedge between keeps friendship green.」，直譯便是「隔著籬笆才能讓友誼長存」。對於客戶或上司、主管，不管再怎麼熟悉、處得多好，都請一定要使用帶有敬意的表達方式才好。

讓我們學習更多其他的講法！

- It's been a while.
  好一陣子沒見到你了。

- Nice to see you again.
  很高興再次見到你。

- It's a pleasure to see you again.
  很開心能夠再次見到你。

- I haven't seen you for a long time.
  我很久沒見到你了。

- It has been a long time since I've seen you.
  距離上次見面已經好久了呢。

# 千萬別用「So so.」！
# 狀況再差也要說成狀態絕佳

## I've been doing great!

**我很好！**

A: **It's been a while!** ┊ 好一陣子沒見到你了！

B: **Great to see you again.** ┊ 很高興再次見到你。
   **How have you been keeping?** ┊ 你最近過得如何？

A: I've been doing great! ┊ 我很好！

B: **That's awesome.** ┊ 那真是太棒了！

A: **Thanks. Everything is going** ┊ 謝謝。一切都非常順利。
   **very well.**

## ✓ 對於好久不見的人，要表現得
## 自己過得很充實美好的樣子

當被問到「How are you?」（你好嗎？）的時候，就回答「（I'm）Fine. Thank you. And you?」（很好。謝謝。你呢？）的人，想必很多。

學校應該也都是教大家被問到「How are you?」時，就要回答「Fine.」或「Good.」。不過，我曾見過某本英語書把「So so.」（馬馬虎虎）列成了回答範例之一。就英文文法而言這回答並沒有錯，但就英語會話而言，這說法可是相當負面。

在海外的商務情境中，「總是使用積極正面的話語」是基本原則。儘管打完招呼後的話題有可能很晦暗，但對話一開始一定都要積極正向。所以，一旦你突然來一句「So so.」，便會引發英語母語者的焦慮，會讓對方覺得「這個人會不會其實非常不舒服？又或是發生了什麼很嚴重的事？」。

## ✓ 過度開朗的說法才是剛剛好！

由於英語的對話很多都始於「How are you?」，所以我們怎能一開頭就搞砸。我自認以強勢而熱情的性格為賣點，因此，總是以最開朗的態度回答「**I've been doing great!**」（我很好！）或「**I'm excellent!**」（我好極了！）。老實說，這種講法雖然過度開朗了點，往往會讓對方有點驚訝，不過也能讓對方覺得「這人真是帶勁！」而覺得有趣，因此有很高的機率會被記住。

此外，「I've been doing great!」這樣的說法不僅表達了自己狀況有多好，**同時還展現了「我精力充沛、無所不能」的形象**。畢竟英語母語者是不會跟毫無生氣、如死神般的人打交道的。

在試圖擺脫「1 年 2 個月零業績」的那段時期，我也都有刻意地使用積極正向的話語。儘管情緒低落、心情鬱悶，但遇到許久未見的人，我還是會特意回應「I've been doing great!」表現出一副自己狀況很好的樣子。**這時使用「I've been」是個重要關鍵，因為這暗示了「不只是現在而已，我狀況一直都很好」**。

光是看起來狀況好，大家就會願意靠近你。而當人們願意靠過來，在平日的業務工作中就能和客戶交流，就能讓對方敞開心門，與

你暢談各種可能成為新提案的商業資訊。要做到這點，就必須開朗地與人交談，但當然不能說謊。在不騙人的前提下，保持愉悅大方的態度，自然就能聊得熱絡起勁。

讓我們學習更多其他的講法！

- ◆ I've been awesome!
  我好得不得了！

- ◆ I've been excellent!
  我好極了！

- ◆ I've been super great!
  我狀況超棒的！

- ◆ I've been doing fantastic!
  我狀況好到不行！

- ◆ Better than ever!
  我狀況前所未有地好！

# 打探對方近況，
# 與職場中的人們相處融洽

## Do you have any great news?

**你有發生什麼好事嗎？**

A: **You look so great.**
   Do you have any great news?

你看起來狀況很棒耶。
有發生什麼好事嗎？

B: **Luckily, I received a company award for salesperson of the year.**

我很幸運地獲得了公司的年度優秀業務員獎。

A: **Well done! Congratulations!**

幹得好！恭喜啊！

B: **I closed the biggest sales deal for our new strategic products in the company.**

我完成了公司新策略產品中最大的一筆交易。

A: **Wow. That sounds so exciting!**

哇。聽起來真是令人興奮！

## ✓ 一旦引出對方真正想聊的話題，
## 便能加深彼此的信任

站著閒聊有兩個重點必須注意。第一點就是前述的「**要積極正向地傳達自身近況**」，而第二點則是「**要讓對方聊得開心**」。任何人都會因爲與人聊得熱絡而感到開心，尤其外國人（特別是歐美的英語母語者）很多都會主動找話題讓對方開口，相當貼心。但其實他們也很想講自己的事情，往往忍得心癢難耐。

因此，對方提出的話題也可能是一種訊號，這訊號暗示了他「希望自己也被問同樣的問題」。例如，當你被問到「最近工作如何？」時，就代表對方希望你「也問問我最近的工作狀況如何吧」；而當你被問到「家人一切都好嗎？」時，就代表對方希望你「也問問我的家人吧」。

## ✓ 怎樣才不會讓對方覺得「聊得不開心」？

當難得有機會講到話時，若你只是一股腦兒地要挖出自己想知道的資訊，那麼，對方（外國人）便會覺得「聊得不開心」，覺得自己的時間被浪費了。但若是能引出對方想聊的內容，並能讓對方對自己喜歡的話題越聊越起勁的話，你就能製造出「每次都相談甚歡」的印象。那麼，即使每次見面你都嘗試收集資訊，對方應該還是會覺得你們的對話很充實。

而身為非英語母語者，要引出對方喜歡的話題時，使用「**Do you have any great news?**」（你有發生什麼好事嗎？）或者是「**Any great news?**」（有什麼好事發生嗎？）等講法，往往就能巧妙地讓對方（外國人）說出自己現在最想談論的關鍵字。

使用「news」這個單字，便能讓外國人不自覺地在大腦裡搜尋起「最近對自己來說有點重大的事件」。由於能夠引出對該人來說有點重大的事件，**所以被這「news」給釣出來的話題，往往具有容易聊開的優點**。

例如，從「**Luckily, I received a company award for salesperson of the year.**」（我很幸運地獲得了公司的年度優秀業務員獎）之

類的大事，到「**My boss commended me, so I feel pretty good about myself right now.**」（我老闆稱讚了我，所以我現在心情相當好）等日常小事，對方應該就會講出各式各樣令他開心的事。

而當對方說出令他開心的話題後，請務必使用「**What brilliant news!**」、「**What great news!**」（多麼棒的消息啊！）、「**Really!?**」、「**Did you!?**」、「**Are you!?**」（真的嗎？你做到了嗎？）等句子來大肆讚美他一番。

在無法正確掌握對方喜歡的話題時，運用「Do you have any great news?」這個常用句**就能夠主動引出話題**。

而一旦聊開了，便有可能聽到單純的寒暄問候所無法獲得的寶貴資訊。**若是要問出你想知道的事，就必須配合對方的心情，引出更多資訊才行。**

讓我們學習更多其他的講法！

♦ What happened? You look so good!
發生什麼事了？你看起來春風得意！

♦ Something good happen?
發生了什麼好事嗎？

♦ Did something great happen?
有什麼好事發生了嗎？

♦ Do you have any interesting news?
你有什麼有趣的消息嗎？

♦ Any interesting news lately?
最近有什麼有趣的消息嗎？

# 捧高對方自尊，
# 讓他暈陶陶地說出你想問的

## What was the key success factor?

**成功的關鍵因素是什麼？**

A: What was the key success factor?

成功的關鍵因素是什麼？

B: In a nutshell, the reason for the success is customer selection.

簡而言之，成功的原因在於客戶選擇。

A: Could you explain that in more detail?

你可以解釋得再詳細一些嗎？

B: We implemented a new customer selection approach with AI and Machine Learning. So, we identified really great potential customers.

我們最近實行了一套運用AI（人工智慧）和機器學習的全新客戶選擇方法。於是便找出了相當棒的潛在客戶。

A: That's great news! Tell me more!

這真是個好消息！再多告訴我一點吧！

## ✓ 問出對方的成功案例細節

參考同事的成功經驗及有效手法，來增加自己的成功事例，可說是商場上的成功捷徑。尤其在英語環境中，不僅有機會參考外國人特有的成功經驗，還能瞭解海外的商業習慣及趨勢。

而非英語母語者也都懂得這些資訊的用處，所以想要深入挖掘對方的工作方法時，便會以「**What was the key success factor?**」（是什麼造就了成功？＝成功的關鍵因素是什麼？）來詢問。

基本上，人都愛講述自己的豐功偉業。但畢竟有可能被當成是在自吹自擂，所以大多數的人都會謹慎地避免自己主動開口滔滔不絕。因此，這時便要刻意使用「key success factor」（關鍵的成功因素）這一常用於經營策略的詞語，**來暗示對方的成功案例真是傲人，一邊自然地奉承對方，一邊探問細節**。如此一來，對方就會一邊害羞地回應「其實也不是什麼太了不起的事」，**一邊劈哩啪啦地告訴你各式各樣的資訊**。

其實所謂的成功經驗，都只有結果會被傳開，你無法從傳言中確實瞭解其過程與詳細狀況。而由於對方並沒有要刻意保密，因此只要我們恭敬地主動詢問，對方意外地多半都很樂意提供資訊。

**既然有人開口問，人們就會說出來。** 也有一些資訊是透過主動深入提問，才第一次被挖掘出來，所以你應該毫不猶豫地盡量多問才好。

## ✓ 用「And then?」和「Tell me more!」來炒熱對話

一旦對方開始越講越起勁，我總會以「**And then?**」（然後呢？）、「**And then what?**」（然後怎樣了？）、「**Tell me more!**」（再多告訴我一點吧！）、「**What did you do differently?**」（你做了哪些不一樣的事？）等句子來表示「我聽得很開心」。**這樣就能進一步炒熱對話氣氛，就有機會問出別人不知道的成功祕訣及技巧。**

此外，「Key Success Factor」（關鍵的成功因素）也常以縮寫「KSF」來使用。而表示相同意義的「Critical Success Factor」（關鍵的成功因素）的縮寫「CSF」也經常有人使用。請藉此機會，把這兩個講法都記起來。

要讓自己成長，從已達成目標的人身上學習是最好的辦法。所以一定要多問多聊，以增加自己的知識才好。

讓我們學習更多其他的講法！

- What went well?
  是哪裡做對了？

- What things went well?
  是哪些部分做對了？

- What was the Critical Success Factor?
  關鍵的成功因素是什麼？

- How did you manage these successes?
  你是怎麼達成這些成就的？

- Could you explain with me what things went well?
  你可以告訴我是哪些部分做對了嗎？

- Could you explain with me how you managed this success?
  你可以告訴我你是如何成功的嗎？

# 如何巧妙地問出人們不想說的祕辛

## On the other hand, what things didn't go well?

另一方面，你是否有哪些事情沒做對呢？

| | |
|---|---|
| **A:** **Thanks for sharing the key success factor.** | 感謝你分享關鍵的成功因素。 |
| **B:** **My pleasure. I hope my story is useful to you.** | 這是我的榮幸。希望我說的事情對你有幫助。 |
| **A:** On the other hand, what things didn't go well? **If possible, I'd like to know how you have overcome failures.** | 另一方面，你是否有哪些事情沒做對呢？若可以的話，我想瞭解你是如何克服失敗的。 |
| **B:** **Of course. I failed a lot and made many mistakes. I'd be happy to help you!** | 當然可以。我失敗了很多次，也犯了很多錯。我很樂意幫助你！ |

## ✓ 問出失敗案例好避免重蹈覆轍

正如同英語諺語「Every failure is a stepping stone that leads to success.」（每一次失敗都是通往成功的墊腳石）所說的，在成功的背後有著無數多的失敗。大家應該都知道，就科學實驗而言這是理所當然。可是人們在聽了同事或朋友的成功事例後，卻往往

都誤以為只要如法炮製，自己也能夠做到。

成功的人都會說「這做法就是成功的理由」，但這多半只是結果論。實際上不過是做了各式各樣的嘗試後，其中一個點子碰巧開花結果罷了。

即使模仿別人的成功案例，十之八九也無法獲得相同結果，真正重要的是「自己犯下了怎樣的錯誤？又經歷了多少失敗？」。成功的人是以「試誤法」逐一嘗試並失敗後，才找出了成功的方法，因此，基本上沒經歷過那麼多失敗就無法成功。

## ✓ 要從別人的失敗中學習，就必須具備問得出來的技術

換句話說，為了在工作上獲得成功，**若能瞭解許多的失敗案例，「就可以不用重蹈覆轍」**。正因如此，非英語母語者們在以「What was the key success factor?」（成功的關鍵因素是什麼？）這句向同事或朋友打探成功經驗的架構後，接著便會用「**On the other hand, what things didn't go well?**」（另一方面，你是否有哪些事情沒做對呢？）來問出失敗案例。

世界三大投資家之一、人稱「投資之神」的華倫‧巴菲特曾說：「It's good to learn from your mistakes. It's better to learn from other people's mistakes.」（從自己的錯誤中學習是好事，而從別人的錯誤中學習是更好的事）。

要問出別人的成功經驗並不難，但要問出失敗經驗或悲慘經歷就

有點難度了。請懷抱著敬意與同情，誠摯地表達自己想要學習的態度，好向成功人士學習。

難得有這個機會，讓我也在此介紹一下敝公司創始人比爾‧蓋茲的名言。對於失敗，他曾說：「It's fine to celebrate success but it is more important to heed the lessons of failure.」（你可以慶祝成功，但更重要的是要記取失敗的教訓）。

從別人的失敗中學習，便能擴大自身思考及行動的範圍。即使學了別人的失敗案例，你也還是可能失敗，但對於前人失敗經驗的瞭解與否，應該還是會讓你的應對處理能力有所不同。就算是為了學習英語也好，請和各式各樣的外國人接觸，多多瞭解他人的錯誤與失敗。

讓我們學習更多其他的講法！

◆ What things ended in failure?
有哪些事是以失敗告終的呢？

◆ Did you have any kind of trouble?
你曾遇過什麼麻煩嗎？

◆ What is the thing that you struggled with the most?
對你來說最辛苦的是什麼？

◆ What problems have you encountered?
你曾遭遇過什麼問題呢？

◆ What major challenges have you overcome?
你曾經克服哪些重大挑戰？

# "怕被拒絕的人
該如何提出邀約與請求？"

海外的人們是很直爽的。但有些人即使知
道「可以輕鬆地提出邀約」，卻還是會猶
豫，覺得「真的要開口約嗎？」、「要是
被拒絕可就糗大了」。這種時候，也有一
些常用句可以好好利用。

# 被拒絕也不尷尬的午餐邀約法

## Do you have any plans after this?

你之後有什麼預定行程嗎？

（當對方接受邀約時）

**A:** Do you have any plans after this? ┊ 你之後有什麼預定行程嗎？

**B:** I was very busy with my work, but now I feel comfortable. ┊ 我之前工作很忙，現在終於比較輕鬆了。

**A:** You told me about futsal. I'd like to ask you about it in more detail. Can we have a talk over lunch? ┊ 你之前曾跟我提過五人制足球，我想再多問一些相關細節。我們能邊吃午餐邊聊嗎？

**B:** Sure. ┊ 當然可以。

**A:** Great. Let's meet in front of the elevator at 12:00. ┊ 太好了。那我們 12 點在電梯前見。

（當對方拒絕邀約時）

**A:** Do you have any plans after this? ┊ 你之後有什麼預定行程嗎？

**B:** I have to leave right now and won't be back to the office till this evening. ┊ 我現在必須離開，傍晚才會回到辦公室。

**A:** I see. You told me about futsal. I'd like to ask you about it in more detail. Can we have a talk over lunch? ┊ 這樣啊。你之前曾跟我提過五人制足球，我想再多問一些相關細節。我們能邊吃午餐邊聊嗎？

**B:** Of course. I'm available the day after tomorrow. ┊ 當然可以。我後天有空。

**A:** That's good. Let's meet in front of the elevator at noon. ┊ 太好了，那我們約中午在電梯前見。

## 午餐只要約到一次，第二次以後就會容易很多

這裡的重點在於，**要拋出「不該在工作時談論的話題」**。若是與工作有關的內容，可能會被定義為會議或研討會，因此，這裡才以請教私事為由來提出午餐邀約。

就心理學而言，人在享用美食的時候較容易對說話對象產生好感。再加上人們在吃東西的時候，注意力會移往口腔，因此還會有「批判力」降低的效果。比起在工作時間交談，午餐或下午茶時的談話往往更能加深彼此的互信。

在國際社會中，工作與私人時間分得很清楚，所以基本上沒有所謂「下班後一起去喝一杯」這種事。**若是想和外國人好好聊一聊，午餐時間是最佳選擇。**

若是和你關係好的外國人，約吃午餐應該很容易，但要約稍有距離而覺得「可能會被拒絕的對象」去吃午餐時，就可以用「**Do you have any plans after this?**」（你之後有什麼預定行程嗎？）。

在提出午餐邀約之前，使用這句問對方有沒有空的「緩衝句」，你便能夠掌握被拒絕與否的機率。畢竟，若直接開口問「一起去吃午餐吧？」卻遭到拒絕，就會很煩惱到底下次還可不可以再開口邀約。但若問「有沒有空」的話，就只是「行程安排上方不方便」的問題而已，故可保留「即使被拒絕也能輕易再次邀約」的狀態。

## ✓ 一旦關係好，就可以直接用「Let's go to lunch!」

約外國人去吃午餐或喝咖啡時，你或許會很緊張，又很擔心不知該聊些什麼才好。可是一旦參與了國際社會，「不和同事們一起吃午餐會被認為是不友善、難相處的」，而給人負面的印象。雖說在日本，「一個人吃飯」的現象受到關注，甚至還出現了專供單獨用餐的餐飲店，但對於外國人，你應該要和他們一起吃午餐才好。

我去公司上班時，也都會早早就跟某人約好共進午餐。對於可能被拒絕的對象，就以此常用句來邀約，而對於關係好的人則以**「Let's go to lunch!」**、**「Let's go have lunch!」**（一起去吃午餐吧！）等說法直接邀約。在公司上班時，請務必找個人共進午餐。

讓我們學習更多其他的講法！

◆ What are your plans for today?
你今天有何安排？

◆ What are you doing after this?
你之後有要做什麼嗎？

◆ Are you free after this?
你之後有空嗎？

◆ Are you busy after this?
你之後很忙嗎？

◆ Are you busy today?
你今天很忙嗎？

# 被拒絕也不尷尬的酒聚邀約法

## What are you doing tonight?

你今天晚上要做什麼？

（已有安排時）

A: What are you doing tonight?

你今天晚上要做什麼？

B: I'm going to a concert.

我要去聽音樂會。

A: Great! What kind of concert are you going to?

真好！你要去聽什麼音樂會啊？

B: I like Jazz music.
So, I'm going to a concert with my friend.

我喜歡爵士樂，所以我要和朋友一起去聽爵士樂的音樂會。

A: That's so nice.
Have a great time!

真的很不錯耶。祝你聽得開心！

（未有安排時）

A: What are you doing tonight?

你今天晚上要做什麼？

B: I don't have specific plans.
I'll be leaving soon.

我沒什麼具體的安排，馬上就要走了。

A: That's great. How about happy hour?

太好了，我們去喝一杯如何？

B: Sounds nice.

聽起來不錯耶。

A: Let's leave here at 5:30 pm.

那我們 5 點半離開這兒吧。

## ✓ 就算可以約喝酒也「不宜久留」

誠如前述，海外基本上沒有「以酒交流」的習慣。然而，儘管以酒交流並非常識，不過，若接受工作結束後一起喝酒的邀請，就代表彼此的親近度大幅提升。

非英語母語者們總會在與對方日益熟悉的過程中，於適當時機使用「**What are you doing tonight?**」（你今天晚上要做什麼？）這句話先探探對方是否已有安排後，再判斷能否邀請對方去喝酒。

新加坡及歐美國家的餐飲店普遍都有所謂的「Happy Hour」（歡樂時光）。Happy Hour 就是一種酒精飲料的優惠折扣服務，一般限定於下午 4 點到 7 點左右、店裡客人相對較少的時間才可享有。這些通常都只會一起吃午餐的外國人，很偶爾也是會有「今天大家一起去喝一杯」這種事。

## ✓ 酒聚都是喝個 1 ～ 2 杯就結束

對日本人來說，「酒聚」給人的印象就是從啤酒開始喝到燒酒……總之就是大喝特喝，**但外國人的「酒聚」則只是「喝個 1 ～ 2 杯便早早結束的聚會」**。正因如此，所以這種「外國人的酒聚」往往都會利用「Happy Hour」。他們不浪費時間慢慢喝，而是快快喝、快快收集資訊，然後就趕快回家了。

這是因為對外國人來說，就像尊重彼此「在工作上該做的事」一樣，他們也很尊重每個人「在私生活裡該做的事」。如果是「去學校接小孩」的話，我們都能理解這算是「私生活中的必要事務」，但其實外國人的認知遠超過我們的想像。

例如，「幫小孩洗澡」、「哄小孩睡覺」或「晚餐要全家一起吃」等，都被視為是「絕不能改動的必要行程」。他們不會對另一半提出「明天我要跟朋友去喝酒，你可以替我哄小孩睡覺嗎？」這種要求。

換言之，就算約好了去喝酒，也「不宜久留」。外國人（不論是英語母語者還是非母語者）在私生活裡都有該做的事要做，所以你必須體貼地讓對方在一定時間後即可回家。

◆ What are you up to tonight?
你今天晚上有什麼事要忙嗎？

◆ What are you going to do tonight?
你今晚要做什麼？

◆ Do you have plans tonight?
你今晚有計劃嗎？

◆ How are your plans looking tonight?
你今晚打算怎麼過？

◆ What are your plans for tonight?
你今晚的計劃是什麼？

# 「如果您不介意的話」英語怎麼說？

## If you wouldn't mind, may I attend the meeting?

如果您不介意的話，可以讓我參加會議嗎？

A: I see many members from your team. What is happening today?

我看到很多您的團隊成員，今天有什麼事嗎？

B: Now we will have a kick off meeting for the cloud migration project.

我們現在要開一個「雲端遷移專案」的啟動會議。

A: If you wouldn't mind, may I attend the meeting? I'd like to participate in the meeting for study purposes.

如果您不介意的話，可以讓我參加會議嗎？
我想參加會議，是基於學習目的。

B: No problem. It will be a great opportunity for you to understand the project overall.

沒問題。這會是個很棒的機會，能讓你瞭解該專案的整體概要。

A: It would be an honor.

真是我的榮幸。

## ✓ 以保守客氣的說法來做出難以啟齒的提議

在講究實力的全球化社會裡想要衝出一片天的非英語母語者，總是積極參與公司內部的研討會及活動，努力獲取廣泛知識，好讓

自己有能力完成各種工作。雖說非英語母語者會想參加自己有興趣的會議，但會議中可能有一些機密資訊，因此會議發起人多半都會想要限制與會者。像這種要對「其他部門的高職位者」提出「有點不合理的請求」時，就可以使用「**If you wouldn't mind, may I attend the meeting?**」（如果您不介意的話，可以讓我參加會議嗎？）的說法。

就算是在開放的國際社會環境中，要對比自己職位高的人提出有點侵略性的要求，也是需要謹慎小心。由於很可能被當成壞人，因此，要先以最高等級的禮貌說法「If you wouldn't mind」（如果您不介意）做為緩衝，接著再使用有禮貌的句子「May I attend the meeting?」（若您准許我參加會議，是我的榮幸＝可以讓我參加會議嗎？）。

此外，向親近的上司或同事提出請求時，也可使用表示「若有可能」之意的「**if possible**」、「**if you can**」等講法。附帶一提，曾是我的精神導師之一的泰國微軟前總裁，是一位亞洲人女性，曾任美國總公司的管理階層，而現在則是泰國 IBM 的總裁兼印度與中國的負責人。在見到她時，我便曾把握機會，以「If you wouldn't mind, may I job shadow you during your visit in Asia?」（如果您不介意，我可以在您出訪亞洲期間跟在您身邊見習嗎？）這樣最高等級的禮貌說法提出請求。

所謂的 job shadow，本來是指中學生基於職業體驗之目的，跟著在企業中工作的人貼身學習半天左右的一種實習方式。不過近年來，微軟的員工們也都活用 job shadow，在公司內部把握機會體驗自己未曾經歷過的職務；而我就是在還未認識這位長官時，運

用了這種說法來向她提出 job shadow 的請求。結果，就這樣跟著她去了澳洲、韓國、日本出差，參加了幾乎所有的會議與活動。

另外，要使用電子郵件提出難以啟齒的請求時，可使用「**I would be grateful if you would allow me to attend the meeting.**」（如果您允許我參加會議，我將不勝感激）。「I would be grateful if you would ～」是經常用於商務郵件等的請求句型，意思是「如果您～的話，我將不勝感激」，是非常有禮貌的表達方式。在提出請求時，這是最謙恭有禮的標準商務郵件寫法。

就像這樣，**想提出有點難開口，或令人覺得有點不好意思的請求、委託、問題時，務必以恭敬有禮的句子做為開場白，好好傳達你的尊敬與體貼**。在提出請求之前先來個貼心的緩衝，往往能讓來自英語國家的人留下極佳印象。

讓我們學習更多其他的講法！

◆ If you don't mind, would you allow me to attend the meeting?
如果您不介意的話，可以允許我參加會議嗎？

◆ If it's not too much trouble, would you allow me to attend the meeting?
如果不是太麻煩的話，您可以允許我參加會議嗎？

◆ If it's all right with you, would you allow me to attend the meeting?
如果您覺得沒關係的話，可以允許我參加會議嗎？

◆ Let me know if I'm able to attend the meeting.
請告訴我，我是否可以參加會議。

◆ Could you please allow me to attend the meeting?
能否請您允許我參加會議呢？

# 初次見面就以
# 問候一舉抓住人心

不論在這世上的哪個地方,讓初次見面的
人留下好印象都很重要。而確實有方法可
強化第一印象以利後續發展,那就是「使
用可讓對方開心的常用句」。

# 讓對方一次就記住你的名字

## Call me Hugo, like HUGO BOSS.

請叫我 Hugo，就是那個 HUGO BOSS 的 HUGO。

A: **Hi, I'm Hyogo Okada.**
   **Please call me Hyogo.**

B: **Hi, I'm David Smith.**
   **Well, I'm sorry.**
   **Can I have your name again?**

A: **Hyogo... I know it's a bit difficult**
   **to pronounce my name.**
   Call me Hugo, like HUGO BOSS.

B: **Hugo. I like your name!**

A: **Thank you, Mr. Smith!**

嗨，我是岡田兵吾。
請叫我兵吾（Hyogo）。

嗨，我是大衛・史密斯。
嗯，不好意思，可以再告
訴我一次你的名字嗎？

兵吾（Hyogo）……我知
道我的名字有點難發音。
請叫我 Hugo，就是那個
HUGO BOSS 的 HUGO。

Hugo。我喜歡這個名字！

謝謝你，史密斯先生！

## ✓ 以外國人容易發音的單字 或名字的一部分做為「綽號」

自我介紹的時候，最重要的就是要讓對方記住你的名字。對外國人來說，日本人的名字他們並不熟悉，很難聽懂，所以若只是照平常那樣直接說出來，十有八九都會被對方再重問一次「欸？請再說一次？」。

說名字的時候，發音要緩慢而清晰。若你已經講得很慢很清楚，對方的表情還是一副很難聽懂的樣子，**那就準備一個代替名字的「綽號」來讓對方記住。**

舉例來說，我的名字是「Hyogo（兵吾）」，但「Hyo」這個音對外國人來說似乎很難發音，我就曾因此被重複問了好幾次。於是我便利用諧音搭上德國品牌「HUGO BOSS」，告訴對方**「Call me Hugo, like HUGO BOSS.」**（請叫我 Hugo，就是那個 HUGO BOSS 的 HUGO），提出一個讓外國人容易發音的綽號，發揮巧思來讓對方能夠記住。

此外，像是叫「Toshiyuki（敏行）」的人可以用「Toshi（敏）」，叫「Yoshihiro（義弘）」的人可以用「Yoshi（義）」等，單純取用名字的一部分也是個好辦法，又或是讓對方用和本名完全不相干的綽號來稱呼你也行。

中國華人和韓國人的名字也都很難記，所以大家都想了個讓別人容易記住的名字。有些基督徒會使用受洗時的教名，還有人因為在春天出生所以叫「Spring」、因為喜歡成龍（在國外大家都稱他 Jackie Chan）所以就取名「Jackie」等，很多人都會取個自己喜歡的英文名字來用。另外，像是印度人的名字大多都很長，長到讓人不知道怎麼發音，所以經常與海外人士接觸的印度人也都會準備一個綽號或暱稱。

## 綽號是拉近彼此距離的契機

不論是由本名簡化而來的暱稱，還是自己喜歡而另外取的綽號都好，總之，要想一個可以讓外國人聽了就立刻叫出來的稱呼。然後在自我介紹的最後用**「Call me ○○○ .」**（請叫我○○○）這句，**來讓對方確實記住你的名字。**

附帶一提，在非正式的場合裡，我有時還會說「**Call me Elvis or Japanese Elvis.**」（請叫我貓王或日本貓王）。每次我來這句，對方都一定會開懷大笑並留下深刻印象。你可以動動腦筋，想一個讓外國人容易記住的稱呼，製造在初次見面時能拉近距離的契機。**自行發揮巧思讓對方記住自己，是非常重要的事**。

讓我們學習更多其他的講法！

◆ I'm Hyogo Okada. Please call me Hyogo.
我是岡田兵吾，請叫我兵吾（Hyogo）。

◆ I'm Toshiyuki. But I go by Toshi.
我是敏行，不過大家都叫我敏（Toshi）。

◆ I'm Hyogo Okada. Call me Japanese Elvis.
我是岡田兵吾，請叫我日本貓王。

◆ I'm Spring, because my birthday is in April. Call me Spring.
我是 Spring，因為我的生日在 4 月份。請叫我 Spring。

◆ I'm Jackie. I really like Jackie Chan. Call me Jackie.
我是 Jackie。我真的很喜歡成龍，請叫我 Jackie。

# 傳達比「Nice to meet you.」更強烈的喜悅

## I'm happy to meet you.
**我很開心能夠認識你。**

| | |
|---|---|
| A: **Hello, I'm Hyogo Okada. Call me Hyogo.** | 您好,我是岡田兵吾。請叫我兵吾(Hyogo)。 |
| B: **Hi, I'm David Smith. It's nice to meet you, Hyogo.** | 嗨,我是大衛・史密斯。很高興認識你,兵吾。 |
| A: **I'm happy to meet you, Mr. Smith.** | 我很開心能夠認識您,史密斯先生。 |
| B: **I'm Chief Information Officer of the company.** | 我是公司的首席資訊長。 |
| A: **Excellent! I'd love to hear your experience as CIO.** | 真是太棒了!我很想聽聽您擔任 CIO 的經驗。 |

## ✓ 臉不紅氣不喘地說出感覺好尷尬的常用句

做爲初次見面的問候語,教科書裡教的通常是「Nice to meet you.」這句。當然,「Nice to meet you.」也是積極正向的說法,並不失禮。只是身爲非英語母語者,我們會想再增添一點變化,所以用「**I'm happy to meet you.**」(我很開心能夠認識你)。

還有,也別忘了要同時以聲調和表情來表達「很高興見到你」的情緒。雖說沒必要勉強表現出很興奮的樣子,但臉部表情必須要

洋溢著喜悅才行。畢竟是初次見面，第一印象很重要。

根據美國心理學家艾伯特‧麥拉賓（Albert Mehrabian）的說法，第一印象在初次會面的 3 至 5 秒內便已決定。由於人們對一個人的印象，在一開始的幾秒內就已確立，因此刻意製造出開朗的言談和表情是有必要的。

這時，有一些非英語母語的高手，甚至能臉不紅氣不喘地講出「**Wow, you look so nice!**」（哇，你長得真好看！）或「**I like your suit. You look stylish and professional.**」（我好喜歡你的西裝，你看起來時尚又專業呢）之類就日文而言感覺超級尷尬的句子。

這種人能夠極其自然地說出這些話，彷彿不小心洩漏了心聲一般，因此，每個被他這麼說的人都會「大為驚喜」。我並沒有要各位以如此超群卓越的等級為目標，**不過在英語國家，稱讚對方的衣著打扮或是風格氣質等可算是常態**。對方一旦被稱讚了，心情就會好起來，也必定留下好印象。

在日本，人們沒有握手的習慣，所以很容易一不小心就忘了，可是在海外，從「很高興認識你」的問候開始就與對方握手，被視為良好的基本禮貌。一邊介紹自己的名字，一邊自然地伸出右手，就能夠製造出更好的印象。另外請記住，若對方是女性，除非女方先伸手要求握手，不然男性是不可以主動要求握手的。

以我個人來說，滿面笑容必不可少，尤其在初次見面握手時，我總會以雙手握手，努力傳達「能夠見到你真的非常開心」的感恩

心情。這樣的方式稍嫌過頭，所以英語母語者們彼此間不會這麼做，但我是非母語者，就算這麼做母語者們也不會介意。

## ✓ 「Happy」是代表積極正向的著名單字

問候初次見面的外國人時，我想有些人是會緊張的。尤其若對自己的英語還沒什麼信心，無法聊天的話，更是如此。可是一旦過度緊張，表情就會僵硬，臉色也會顯得陰沉。如果擔心自己的英語能力不夠好，那麼，至少帶著滿臉笑容說「I'm happy to meet you.」。**運用「happy」這種包含強烈正向感的單字，想必就能讓對方留下良好的第一印象。**

讓我們學習更多其他的講法！

♦ I'm pleased to finally meet you.
終於見到您，我很高興。

♦ It's very nice to meet you today.
今天很高興認識您。

♦ I'm delighted to meet you at last.
我很高興終於見到您了。

♦ It's a great pleasure to meet you.
很高興能夠認識您。

♦ It's an honor to meet you.
很榮幸能夠認識您。

# 以最大的敬意問候對方

## I finally got to meet you.
## I've heard so much about you.

我終於見到您了。我已聽說過好多關於您的事。

A: I finally got to meet you.
   I've heard so much about you.

我終於見到您了。
我已聽說過好多關於您的事。

B: I hope it's all good.

我希望你聽到的都是好事。

A: Of course it is.

當然，全都是好事。

B: Thanks! Happy to meet you.

謝謝！很開心能夠認識你。

A: I've been so impressed by
   your achievement in the
   digital transformation of the
   company. It's an honor to
   meet you.

我對於您在公司數位轉型
方面的成就印象深刻。
很榮幸能夠見到您。

## ✓ 不論是英語還是任何其他語言，「擅長讚美就是擅長聊天」

終於成功見到很早以前就一直想見到的特別人物時，就用「I finally got to meet you. I've heard so much about you.」（我終於見到您了。我已聽說過好多關於您的事）這句話，來傳達得以親見的感動和最大敬意。

此說法能夠傳達「早就從某人那兒聽聞了對方的事蹟」、「期待

著有一天能夠見到本尊」等意義，而若再接著說「**Your work is highly praised.**」（您的工作受到了高度讚揚）之類的句子，便能夠進一步表達對於對方的尊敬之心。**其實不論是英語還是任何其他語言，「擅長讚美就是擅長聊天」。**

不過，這句話只能用在當你先前真的曾聽聞對方的事蹟或工作狀況、當對方真的是你「想表達最大敬意的特別對象」時。若不管對張三還是李四都用這句，就會被認為是油嘴滑舌、只會說好話的傢伙。

利用這個說法，你便能將「如願以償見到面的感動」確實傳達給特別的對象。而在這句之後，接著詢問你有興趣的、或你真的很想知道的事，想必就能瞬間拉近彼此距離。

另外再補充一點，若只是淡淡地說「I've heard so much about you.」的話，反而會讓對方擔心起「到底是聽到了什麼樣的傳聞？」。所以在對話的過程中，請務必搭配光明正向的表情與笑容，創造出「我聽到了很好的傳聞」這種氣氛。

若你沒有把握自己能否以氣氛確實傳達正向的感覺的話，直接在句子裡點明是「好的傳聞」，例如，「**I've heard a lot of good things about you.**」（我已聽說過好多關於您的豐功偉業）或許是個好辦法。

此外，若是對方跟你說「I've heard so much about you.」，那就回答「**Only good things, I hope.**」（希望只有好事）或「**I hope it's not bad.**」（希望不是壞事）即可。又或者也可用「**Same** here.」、「Likewise.」等回答來表示「我也一樣」，亦即告訴對方，自己也一樣聽聞了許多對方的事蹟。總之，就是要採取互相稱讚的說法。

初次見面的寒暄問候，是決定第一印象的重要關鍵。只要運用本例的這個常用句，想必即使是害羞的人，也能讓對方感受到最大的敬意。

當有人對自己說出「我老早就聽說過許多關於您的（好的）傳聞」這類的話時，大多數人都不會有負面感受，甚至應該能立刻成為支持你的夥伴才對。因此，對於你很想拉攏的對象，請務必試試這句話。

讓我們學習更多其他的講法！

◆ I've heard a lot about you.
我已聽說過好多關於您的事。

◆ I've heard all about you.
我已聽說過關於您的一切。

◆ I've heard a lot of good things about you.
我已聽說過好多關於您的豐功偉業。

◆ I'm so happy to finally meet you.
我很開心終於能夠見到您。

◆ I was looking forward to coming here.
我很期待能夠來到這裡。

# 可在初次見面時，
瞬間拉近彼此距離的引導句

## What should I call you?

我該怎麼稱呼您？

A: **I'm happy to meet you, Mr. Smith.**
   What should I call you?

很開心能夠認識您，史密斯先生。
我該怎麼稱呼您？

B: **Please call me David.**

請叫我大衛。

A: **Certainly, David!**

沒問題，大衛！

B: **I'm a strategy consultant in ABC Consulting South East Asia.**

我是 ABC 管理顧問公司東南亞的策略顧問。

A: **That's great! If possible, may I know what you have been working on recently?**

那真是太棒了！若可能的話，可以讓我知道您最近做了哪些工作嗎？

## ✓ 積極促成初次見面就能以名字相稱的狀態

我想喜歡英語的各位應該都知道，在海外，人們只要彼此稍微熟悉了，就會直接互相叫名字。實際上在外國人之間，即使是主管或客戶，只要該本人允許，往往也都會直接以名字相稱。但在商場上，對於初次見面或地位高於自己的人，應以「Mr. ／ Ms.」加上姓氏來稱呼對方。

在海外，對擁有博士頭銜的人要以「Dr.」（Doctor）加上姓氏，對大學教授則以「Professor」加上姓氏來稱呼。或許對我們來說這兩者沒什麼差別，並不會覺得失禮，但對外國人來說似乎很重要。

以前我曾和一位擁有博士頭銜的人一起工作，我一直都以「Mr.」來稱呼他，但某天他卻突然糾正我說是「Dr.」。即使當時我們正在開會，他仍堅持糾正，可見他有多麼在意這個稱謂問題。不過在大多數情況下，即使對方是地位很高的人，只要對方在自我介紹時說了「Please call me David.」，亦即已表示過「請直接叫我的名字」，那就不必太擔心。

## ✓ 一舉飛越「先生／小姐→名字→綽號」的進程

如果對方什麼也沒說，那就有必要先確認到底該用「Mr. ／ Ms. ／ Dr. ／ Professor 等嚴謹正式的稱謂」，還是「親近友善的稱呼」。這種時候，非英語母語者都是以「**What should I call you?**」（我該怎麼稱呼您？）來向對方確認。

在日本，當人們彼此漸漸熟悉後，才會從正式的稱謂改爲一般稱謂，接著更熟稔後，甚至會以「綽號」相稱，亦即稱呼方式是逐漸變化的。但在英語國家，人們打從一開始就直接以名字相稱，藉此除去彼此的顧忌，拉近距離。

以本例的說法「What should I call you?」來問，幾乎 100％能獲得「Please call me David.」這樣的回答，如此一來，不論主管還是客戶，你就都能以名字直接稱呼了。

雖然偶爾也是會有人回答「請用姓氏稱呼我」，但基本上只要用「May I call you David?」（我可以叫你大衛嗎？）這樣的句子問問看，多半都能夠直呼其名。

**與外國人溝通時，使用名字稱呼絕對比用姓氏稱呼更能夠拉近距離。**因此，即使是初次見面，也請於確認稱呼方式的同時，努力使對方願意讓你直呼其名。

讓我們學習更多其他的講法！

◆ What do you want me to call you?
你希望我怎麼稱呼你？

◆ How should I address you?
我該如何稱呼您？

◆ How should I call you?
我該怎麼稱呼你？

◆ How would you like me to call you?
您希望我如何稱呼您？

◆ What do people call you?
大家都叫你什麼？

# 以終極絕招問出
# 你聽不懂的名字

## How do you spell your name?

你的名字怎麼拼呢？

A: **Hello, I'm Hyogo Okada.**
**Call me Hyogo.**

您好，我是岡田兵吾。
請叫我兵吾（Hyogo）。

B: **Hi, I'm Diarmaid O'Callaghan.**
**It's nice to meet you, Hyogo.**

嗨，我是迪亞米德‧奧卡拉漢。
很高興認識你，兵吾。

A: **I'm happy to meet you.**
**What should I call you?**

很開心能夠認識你。
我該怎麼稱呼你？

B: **Just call me Diarmaid, Hyogo.**

叫我迪亞米德就好，兵吾。

A: **How do you spell your name?**
**I'm not familiar with your**
**name.**

你的名字怎麼拼呢？
我不熟悉你的名字。

## ✓ 聽不懂對方名字的時候，就問他怎麼拼

來自世界各地非英語母語者的英語，往往都有很濃厚的腔調，再
加上他們的名字對你來說可能很陌生，所以聽不清楚發音或聽不
懂的情況當然很多。但其實即使是母語者，像澳洲人、愛爾蘭人
等的英語口音也很重，有時幾乎聽不懂他們到底在講什麼。

雖說只要開口問，對方多半都會親切地再說一次，但重複詢問也
是有其極限。當你一再重複詢問對方的名字卻還是聽不出來，覺

得「實在不能再問下去，否則就太沒禮貌」的時候，使用「**How do you spell your name?**」（你的名字怎麼拼呢？）這句話，**就能以具體的字母拼寫來確認你一直聽不懂的名字了。**

「Spell（拼字、拼寫）」算是大家滿熟悉的單字，在日文裡也以外來語的形式，做爲表示「英語單字的拼寫」之意的名詞來使用。但在英語把它當名詞的話，詢問名字的拼音時便可能說出「What is the spell of your name?」這種句子，但這說法的意思不一樣，請務必注意。「Spell」做爲動詞使用時有「拼寫（單字）」的意思，但做爲名詞使用時則代表「咒語、符咒、魔力」等意義，並沒有「拼字」的意思。

要確認對方名字的拼字時，一般會用「**How do you spell ～?**」、「**Could you spell ～?**」、「**May I ask how you spell ～?**」等講法來問。

外國人的名字也不全都是像 Tom 或 Smith 之類那麼簡單易懂。世界各地的人名變化多端，有印度、中國、西班牙、德國、愛爾蘭等各種類型的名字存在，甚至有許多名字的發音本身就很困難。

## ✓ 讓你就算聽力不夠好也能應付得宜

當你覺得真的不能再繼續問對方的名字時，最後的終極絕招就是「How do you spell your name?」

亦即假借「發音我知道了，所以接下來請告訴我怎麼拼」這種理由，**以文字來確認你聽不懂的名字。**假裝是「第一次聽到這樣的

名字，所以很想知道怎麼拼」，然後請對方直接幫你輸入到手機裡，或許也是不錯的辦法呢。

**即使沒能完全聽清楚對方的名字，利用這個問法，你就可以在不被對方發現的狀態下確認他的名字**。只要知道了拼字，管他發音再怎麼含糊不清，你也能確實掌握正確答案。據說不認識的單字本來就很難聽得出來，所以對我們來說，即使沒有聽力不夠好的問題，不熟悉的外國人名也本來就很難聽得出來。請務必妥善運用「How do you spell your name?」的說法來確認並好好記住對方的名字，這樣也能避免搞錯名字喔。

讓我們學習更多其他的講法！

- How can I spell your name?
  你的名字怎麼拼呢？
- Could you spell your name, please?
  可以請您拼出您的名字嗎？
- Would you spell out your name, please?
  能否請您拼出您的名字？
- May I have the spelling, please?
  可以讓我知道怎麼拼嗎？
- What is the spelling of your name?
  你的名字要怎麼拼？

# 商務聚會或活動上的機靈對話

主動與陌生人攀談需要勇氣，而這種時候，也有一些常用句可以讓你順利開啟對話。千萬別讓美好的相遇成為轉瞬即逝的短暫火花。

# 與陌生人攀談時的經典台詞

## Are you having a good time?

你玩得開心嗎？

| | |
|---|---|
| **A: Hi, how are you?**<br>Are you having a good time? | 嗨，你好嗎？<br>你玩得開心嗎？ |
| **B: Hi, I'm having a great time.** | 嗨，我玩得超開心。 |
| **A: Sounds great! I'm Hyogo Okada from Microsoft.** | 太好了！我是任職微軟的岡田兵吾。 |
| **B: I'm Rick from ABC Company.** | 我是任職 ABC 公司的瑞克。 |
| **A: You look stylish and professional. What do you do?** | 你看起來時尚又專業。你是做什麼樣的工作呢？ |

## ✓ 在各種活動中，都要努力與陌生人攀談以擴大人脈

在海外，常常有機會參加那種充滿陌生人而飄盪著尷尬氣氛的活動。除了擔心自己能否和外國人順利交談外，在活動中還必須一直和不認識的人交談，實在是令人心情沉重。但反過來想，畢竟其他的外國人也是處於同樣的情況，因此，若能敞開心胸主動攀談，應該會是個能夠認識更多人的好機會。

工作能力強的人通常都擁有廣大的人際網路。雖說有些專業工作或許例外，但就大多數職業而言，擁有廣大人際網路的人往往較受好評，也比較容易出人頭地。此外，即使不是跟公司有關的活

動，在國外，有時甚至有機會認識平日工作上絕對不會認識到的完全不同領域／業界／職位的人，或是令人驚訝的名人等。

我自己就曾因事後才發現某次私人活動中偶然交談過的人，竟然是西方跨國企業的 CEO 及高級主管、知名的創業投資家等，而大吃一驚。

我認識的非英語母語者們似乎也都有同樣的經驗，**所以大家對於在活動中遇見的人，都會很謹慎有禮地應對**。大家都懂得利用「**Are you having a good time?**」（你玩得開心嗎？）這個常用句來建立廣大的人際網路。要知道，這些活動是讓各行各業及各種職位的人可以混合交流、互相認識的絕佳機會，不好好利用就太可惜了。

讓我們學習更多其他的講法！

- (Are you) Having fun?
  （你）玩得開心嗎？

- Are you enjoying yourself?
  你玩得開心嗎？

- You seem to be having a lot of fun!
  你似乎玩得很開心呢！

- Are you enjoying it?
  你玩得開心嗎？

- How's it going?
  如何？玩得開心嗎？

# 即使在沉默之中 也要找出開啟對話的線索

## This is a great event, isn't it?

這是個很棒的活動，對吧？

**A:** **Are you having a good time?**
This is a great event, isn't it?

你玩得開心嗎？
這是個很棒的活動，對吧？

**B:** **Yes, everything looks so stylish and sophisticated.**

是啊，一切看起來都如此時尚又精緻。

**A:** **Exactly! I'm so excited today.**

真的！我今天好亢奮。

**B:** **I agree. We can learn so many things about today's technology trends in Digital Marketing.**

我贊成你說的。我們可以學到好多有關當代數位行銷方面的技術趨勢呢。

**A:** **Yes, all participants are wonderful too. Let's have a fun time!**

沒錯，而且所有的參與者也都好棒。讓我們開心地玩吧！

## ✓ 利用眼前的狀況加上「isn't it?」就行了

在各種活動或異業交流會上，突然跟不認識的外國人說「Nice to meet you.」（很高興認識你），對方肯定會嚇一跳。非英語母語者要與未經他人介紹、完全不認識的外國人開啟對話時，最經典的開場白句型就是「**It's ～ , isn't it?**」（～，對吧？）。例如，若是正在參加活動，就可用「**This is a great event, isn't it?**」（這

是個很棒的活動，對吧？）這句與對方攀談以展開對話。

此外，這句也可用於沒什麼特別話題、場子有點冷的時候。像在電梯裡遇到外國人，或和外國人同事兩人單獨在會議室裡，簡單問候完之後便因無話可說而感到困擾的經驗，我想各位都曾有過。這種時候，「It's ～, isn't it?」（～，對吧？）的句型就能夠派上用場。

而此句型的運用關鍵就在於，**透過「～，對吧？」這樣向對方尋求認同的形式，來達成「即使沒話題，也能利用眼前狀況找出開啟對話的線索」**。例如，在東南亞，室內冷氣開太強以致於冷得離譜的狀況，可說是相當常見，這時以一句「It's too cold, isn't it?」（真的太冷了，對吧？）來向對方尋求認同並藉此製造話題，便能夠找到開啟對話的線索。

又或是與見過面但不熟的外國人一起搭電梯時，也可用「**It's crowded, isn't it?**」（好擠喔，對吧？）或「**It's a nice weather, isn't it?**」（天氣挺好的，對吧？）等句子來開啟對話。

## ✓ 比起「isn't it?」，其實「right?」更方便好用

另外，你還可以使用「**right?**」來代替「isn't it?」。像是「**It's too cold, right?**」（真的是太冷了，對吧？）、「**It's crowded, right?**」（好擠喔，對吧？）、「**It's a nice weather, right?**」（天氣挺好的，對吧？）。這樣就不必煩惱最後的「對吧？」到底該用肯定句還是否定句，所以我平常多半都用「right?」。

當然，除了用來找出對話線索外，「right?」也可用於「（雖然記得不是很清楚，但）應該是這樣，對吧？」、「是〜對吧？」等**想要尋求對方的認同，或是叮囑、提醒對方的時候**。例如，「**We have a meeting at 2 pm, right?**」（我們下午 2 點有一個會議，對吧？）、「**You are coming, right?**」（你會來，對吧？）。當你想要問某些自己有點不確定的事、想要尋求對方的認同時，只要在句子的最後加個「right?」就能達到目的，因此非常推薦各位多加運用。

利用「isn't it?」、「right?」**加上眼前的狀況，便能夠多少製造出一些對話材料**。就算對方的反應冷淡，基於希望盡量與更多外國人拉近距離的想法，我們不能放棄任何可能的對話線索，總之，要努力地持續與外國人對話才好。

讓我們學習更多其他的講法！

◆ It's very exciting, isn't it?
真是非常令人興奮，對吧？

◆ It's freezing, isn't it?
真是有夠冷的，對吧？

◆ It is a beautiful day, isn't it?
真是個美好的日子，對吧？

◆ It looks like rain, doesn't it?
看起來好像要下雨了，對吧？

◆ The food was very delicious, right?
食物非常美味，對吧？

# 輕鬆自然地確認彼此是否曾見過面

## Have we met before?
我們以前有見過面嗎？

| | |
|---|---|
| **A:** Have we met before? | 我們以前有見過面嗎？ |
| **B:** Well... | 這個嘛…… |
| **A:** No problem. I'm Hyogo Okada. | 沒關係。我是岡田兵吾。 |
| **B:** Hi, Hyogo. I'm Becky. I just remembered. Yes, we've met before. | 嗨，兵吾，我是貝琪。我想起來了，沒錯，我們曾見過面。 |
| **A:** Cool. Happy to see you again, Becky! | 好極了。很開心又再見到你，貝琪！ |

## ✓ 你以為的失禮發問，在海外則被視為積極正向

雖然覺得對方的臉很熟悉，但卻想不起來是在哪裡見過，這樣的情況可說是經常發生。這時，非英語母語者會用「**Have we met before?**」（我們以前有見過面嗎？）來向對方確認。**這是沒把握彼此是否見過時，可運用的經典常用句。**

如果以前曾經見過，那麼就直接告訴對方，較能加深與對方的友好及互信關係。而一旦使用這句，儘管等於是承認「我忘了你的名字」，但同時也強調了「我記得你的長相」，由於「**雖然只記**

**得長相，但好歹也算是記得」，因此在某個程度上能讓對方留下正面印象。**

當你稍微和對方聊一下，感覺好像以前曾經見過面的話，就很適合使用這個說法。我自己遇到這種狀況時，都把這當成可重新建立彼此關係的大好機會，總會積極地使用這句話。

此外，每當看到確實記得曾在某處見過的人時，我也都會主動以「Have we met（before）?」與對方攀談。最可惜的莫過於只因為想不起來到底有沒有見過，便遲疑不前，不敢上前攀談。要知道不打招呼，關係就會自然消失。

如果打招呼能夠開啟彼此的新關係，那麼新的人脈就會形成，或許還可建構出新商機也說不定。「那個人我好像在哪裡見過，但卻又想不起來……」這種時候，請毫不猶豫地開口主動攀談，讓彼此的交流重啟可是非常重要呢。

**讓我們學習更多其他的講法！**

◆ **Don't I know you?**
　我是不是認識你啊？

◆ **I think we've met before.**
　我想我們以前有見過。

◆ **Excuse me. Do I know you?**
　不好意思，我是不是認識你啊？

◆ **Have we met somewhere before?**
　我們是不是曾在某處見過面？

◆ **May I know if we have met before?**
　可以告訴我，我們是否曾見過面嗎？

# 當忘了對方的名字時，
# 如何巧妙地問出來

## I have a terrible memory for international names.

我很不擅長記住外國人的名字。

A: Hi. It's been a while.
How have you been recently?

B: I've been so good.
You always look good.

A: Thanks for your kind words!
Well, my apologies.
I have a terrible memory for
international names.
Could I have your name?

B: Never mind. I'm John.
Could I also have your name?

A: Of course. I'm Hyogo.
Happy to see you again,
John!

嗨，好一陣子沒見到你了。
最近如何？

我很好。
你看起來總是很不錯耶。

謝謝你的讚美！
不過很抱歉，我很不擅長
記住外國人的名字。
請問你叫什麼名字呢？

別介意，我是約翰。
我也可以請問你的名字嗎？

當然，我是兵吾。
很開心能夠再次見到你，
約翰！

## ✓ 忘了對方名字的時候，
## 就用英文名字很難記來蒙混過去

當許多外國人齊聚一堂交互問候時，或是逐一被介紹了很多人的

時候，往往很難記住對方的名字。我移居新加坡都已邁入第十六個年頭了，至今依舊經常記不住。

正當我鬆懈地覺得「記不得也不會有問題」的時候，某天就突然陷入困境。我再次遇見了一位清楚記得我名字的外國人，他跟我打招呼說：「好久不見！你還記得我嗎？」那時我一個衝動不小心回答了：「當然！」而一旦聊開，幾乎就不可能再回頭問對方的名字了。

不過，非英語母語者即使在如此無可奈何的時機，在「這種時候怎能還問人家叫什麼名字！」的情況下，只要運用本例的說法，還是可以問出對方的名字。

## ✓ 能在不得罪對方的前提下，問出對方的名字

也就是在「對話告一段落」或「熱烈地聊完後要道別」時，以「**I have a terrible memory for international names.**」（我很不擅長記住外國人的名字）這句話，來自然地問出對方的名字。這個句子的重點在於，**以「我很不擅長記住」為藉口來強調自己「並不是瞧不起對方」**。如此一來，便能在不得罪對方的前提下問出對方的名字。

此外，對非英語系國家的人來說，英文名字很難記住這件事，外國人在某個程度上是可以理解的。因此建議各位最好老實地承認自己不擅長記住英文名字，主動表示「**My apologies. I have a terrible memory for international names. I'm ～ . Could I have your name?**」會比較好。

以前曾有一次，我勇敢地用這句話問了對方名字，結果對方也說：「其實我也忘了你的名字，真抱歉。」彼此都鬆了一口氣。畢竟對外國人來說，亞洲人的名字也很難記，而多虧有了這句話，我們才得以互相問出名字。

在海外，互稱名字能讓溝通更圓滑順暢，所以外國人都會立刻記住對方的名字，藉由當場互稱名字來表達尊重。別猶豫著雖不知道對方名字卻又不好開口問，如果忘了對方的名字，請果決地以本例句把它給問出來！

讓我們學習更多其他的講法！

◆ I always forget international names.
　我總會忘記外國人的名字。

◆ I am not good with international names.
　我不擅長記住外國人的名字。

◆ I am bad at remembering international names.
　我記外國人名的能力很差。

◆ I am not good at remembering international names.
　我記外國人名的能力不好。

◆ I can't unfortunately remember international names.
　很不幸地，我無法記住外國人的名字。

# 毫無保留地表達見面的喜悅

## I look forward to seeing you again sometime soon!

我期待著不久就能再次見到你！

| | |
|---|---|
| **A:** **It was great seeing you today.** | 今天很高興能見到你。 |
| **B:** **Yes, I also had great fun talking with you.** | 是啊，我也跟你聊得很開心。 |
| **A:** I look forward to seeing you again sometime soon! | 我期待著不久就能再次見到你！ |
| **B:** **So do I. I can't wait!** | 我也是。我等不及了！ |
| **A:** **Let's catch up next week. I'll contact you tomorrow.** | 我們下週見個面吧。我明天會聯絡你。 |

## ✓ 約好近期再次相見，友善地相互道別

在新認識的人之中，若有某些人是你想再見到的，那就可用「**I look forward to seeing you again sometime soon!**」這個常用句來直接表達「我希望很快就能再次見到你！」、「我期待很快就能再次見面」等感受。**只要坦率地傳達見面的喜悅，就一定能獲得對方「近期再見」的承諾**。若不約好再次見面，建立互信關係的機會便就此消失。而若不持續見面，就無法成為熟人或朋友。

尤其對於「無論如何都想再次見到」的人，**非英語母語者通常都會提出具體的日期時間**，像是「**next week**」（下週）、「**the week after next**」（下下週）、「**next weekend**」（下個週末）、「**next Wednesday**」（下個星期三）等，盡可能在一個月內促成彼此再度相見，也就是所謂的「打鐵趁熱」。請務必努力在相遇的感動依舊溫熱之時，成功和自己有興趣的人再次見到面。

## ✓ 「I look forward to ～」的講法比 「I'm looking forward to ～」更普遍

另外補充一下，常用於道別時的「look forward」這一片語，我們在英文課裡學到的句型是「I'm looking forward to ～」，亦即「be 動詞」＋「動詞 ing 形（＝動名詞）」，這主要用於朋友間，是較不正式的講法。**在商務上通常使用較正式的「I look forward to ～」句型。**

而以較不正式的情境來說，還可直接用「See you ＋表示時間的詞彙」，像是「**See you soon!**」（很快再見囉！）、「**See you next week!**」（下週見囉！）等說法。不過只有這樣稍嫌空虛了點，所以我會建議再加碼表達對於認識對方的感謝之意，例如，「**It was very nice to meet you. See you again soon!**」（真的很高興能夠認識你。希望很快能再次見到你！）。

其他還有「**I can't wait ～**」（我好期待［等不及］～！）的講法可用。這比「I look forward to ～」聽起來更親切友善，因此，常用於表達「很期待」與親近的人聊天的情況。

若是想和初次見面的人成為朋友，則最好傳達對相遇的感恩之情，以珍惜彼此間的關係。

- I can't wait to see you again soon!
  我等不及要再次見到你了！

- I just can't wait to see you again soon!
  我迫不及待要再次見到你了！

- I am so excited to see you again soon!
  我很興奮不久後將再次見到你！

- I am very excited for our scheduled meeting soon!
  我非常興奮地期待我們即將到來的會面！

- I am so pumped to see you again soon!
  我非常雀躍不久後將再次見到你！

- I look forward to seeing you again soon!
  我很期待不久後將再次見到你！

# 用電話敲定會面！

講電話時看不見對方的臉，總是令人格外緊張。正因如此，所以才必須小心再小心、謹慎再謹慎地好好確認對方的時間。而覺得自己不擅長講電話的人，只要仔細應對就沒問題。

# 講電話時，第一句用這個準沒錯

## May I have Mr. Brian, please?
可以請布萊恩先生聽電話嗎？

**A:** May I have Mr. Brian, please?　　可以請布萊恩先生聽電話嗎？

**B:** Excuse me, but may I know who's calling, please?　　不好意思，請問您是哪位？

**A:** This is Hyogo Okada, from Microsoft.　　我是微軟的岡田兵吾。

**B:** Thank you. Please hold. I'll put you through.　　謝謝您。請稍候。我會為您轉接。

(Just before the call is transferred)　　（電話即將轉接前）

**B:** Hi, Mr. Brian. You have a call from Mr. Okada of Microsoft on line 2.　　嗨，布萊恩先生。2 線有您的電話，是微軟的岡田先生打來的。

(Just after the call is transferred)　　（電話轉接後）

**C:** Hi, Brian speaking.　　嗨，我是布萊恩。

## ✓ 正因為看不見對方的臉，所以講電話務必正式到底

要用英語講電話時，總之先把「**May I have ～（, please）?**」（可以請～先生／小姐聽電話嗎？）這個句型記起來就對了。英語的正式度由低而高依序為「can＜could＜may」，其中「May I have ～」的正式度很高，故最適合用於商務電話。

本例的「May I have ～（, please）?」是在打電話時非常方便好用的一種常用句型。打商務電話時，只要使用這句就能順利銜接後續的多種表達，十分便利。

## ① 要請對方轉接時

首先，在撥號後電話接通時，要請某人來聽電話、要請對方將電話轉接給某人時，可用「May I have ～」的句型。

**May I have Mr. Jones, please** ？
（可以請瓊斯先生聽電話嗎？）
**May I have Customer Support, please** ？
（可以幫我轉接客服嗎？）
**May I have the name of the person in charge of Japanese market, please** ？
（可以請日本市場的負責人聽電話嗎？）

## ② 要提出某些請求時

當想要知道某些資訊，或是對方不在時想要留言、請對方回電時，也可用「May I have ～」的句型。

**May I have your name, please** ？
（請問您貴姓大名？）
**May I have your email address, please** ？
（可以給您的電子郵件地址嗎？）
**May I have the contact number of Customer Support, please** ？
（可以給我客服的聯絡電話號碼嗎？）

### ③為了避免聽錯而進行確認時

比起一般的口語對話，透過電話傳來的那種聲音悶悶的英語，尤其容易讓人聽錯。在掛上電話前，為了以防萬一而再次確認時，也請利用「May I have ～」的句型。

**May I have your name and department again, please?**
（可以再告訴我一次您的名字與部門嗎？）

**May I have that last sentence, please?**
（可以請您把最後一句再說一次嗎？）

**May I have your email address again, please?**
（可以再給我一次您的電子郵件地址嗎？）

講電話時請貫徹正式說法，以便順利地「請對方轉接」、「提出某些請求」、「為了避免聽錯而進行確認」，有效地聯繫負責人或敲定會面等等。

<table>
<tr><td rowspan="6">讓我們學習更多其他的講法！</td></tr>
</table>

◆ May I speak to Mr. Jones?
我可以跟瓊斯先生說話嗎？

◆ Could you transfer me to the sales department?
可以請您幫我轉給業務部門嗎？

◆ I'd like to speak to someone who can speak Japanese, please.
請讓我跟會說日語的人通話。

◆ Could I ask your name, please?
請問您貴姓大名？

◆ Could you repeat the contact number of the accounting department, please?
可以請您再告訴我一次會計部門的聯絡電話嗎？

◆ Could you ask Mr. Jones to call me back?
您可以請瓊斯先生回電給我嗎？

# 「不好意思在您正忙的時候打擾您」英語怎麼說？

## I know you're busy, but I'd be grateful if I could arrange a meeting with you.

不好意思在您正忙的時候打擾您，若能與您安排會面，我將不勝感激。

A: Hi, Mr. Brian. I'm currently planning an Asia business seminar with several leading companies in the industry. I'd like to ask for your help.

嗨，布萊恩先生。我目前正在計劃一個邀請業界幾家領先企業參與的亞洲業務研討會。我想請您協助。

B: Could you explain that in more detail?

你可以再解釋得更詳細一點嗎？

A: Definitely.
I know you're busy, but I'd be grateful if I could arrange a meeting with you.

當然。不好意思在您正忙的時候打擾您，若能與您安排會面，我將不勝感激。

B: I understand.

我明白了。

A: Thanks for your kind understanding.

感謝您的體諒！

## ✓ 當超級大忙人願意為你抽出時間，就該表示榮幸與感謝

要在電話裡對不是很熟的人提出請求時，就用稍微禮貌一點的「I know you're busy」（不好意思在您正忙的時候打擾您）這個常

用句。一開始先說「I know you're busy」，便能展現你對對方的用心、體貼。然後再接著說「**I'd be grateful if I could arrange a meeting with you.**」（若能與您安排會面，我將不勝感激），還能讓請求顯得更有禮貌。**為了讓對方願意在百忙之中撥空見面，表示尊重可說是非常重要。**

有些人可能以為，英語母語者並不使用像日文的謙讓語那樣恭敬謙卑的講話方式，但其實這些母語者遠比我們想像的還更注重禮貌用語。能否使用充滿謙虛、尊敬及體貼之意的英語，決定了一個人在英語國家所能獲得的評價。而且，英語的敬語不僅能表達對於對方的用心體貼，也有助於展現自己的高尚人格。

## ✓ 為什麼越是在海外活躍的人，講話越是客氣有禮？

在國際社會中，絕大多數外國人講的英語都很「**貼心有禮**」。在因工作而接觸海外事物之前，我一心以為英語會話都是如好萊塢電影般瘋狂坦率的那種對話。

然而實際上，即使是有話直說形象強烈的美國人，或是印象中講話總是又快又大聲的中國人，這些不管是活躍於海外的英語母語者還是非母語者，講話方式都比我們以為的更有禮貌，這點讓剛開始工作的我非常驚訝。

另外補充一下，偶爾在英文書裡我們可以看到一些使用了「will」或「can」的例句，但非英語母語者，包括我在內，在辦公室其實都盡量不使用這樣的英語。在商務上使用英語，**通常「有求於人」的時候，都用「would」或「could」。**

在國際社會上，要對他人「提出請求」時，就算對方是後輩或部屬也不能採取高壓的強迫態度，否則是會被開除的。而我個人就只是單純基於日本人的思維邏輯，覺得「既然是要拜託別人，就要有禮貌地拜託」，所以都使用較有禮貌的表達方式。「will」和「can」即使是用於拜託親近的同期同事，就工作方面的請求來說，聽起來依舊太過直接無禮。因此在商務上，還是該用「would」或「could」。

從透過電話約定會面或提出請求等第一次的聯繫開始，你身為商業人士的素質便會為對方所評價。因此聯繫時請務必多多用心，用字遣詞一定要親切有禮才行。

◆ I know you're busy, but I'd appreciate it if I could arrange a meeting with you.
不好意思在您正忙的時候打擾您，若能與您安排會面，我將不勝感激。

◆ I understand you must be busy, but I'd be grateful if you could arrange a meeting with me.
我知道您一定很忙，若能與您安排會面，我將不勝感激。

◆ I guess you are very busy, but it would be great if I could arrange a meeting with you.
我想您肯定非常忙碌，但若能與您安排會面那就太棒了。

◆ I assume you have a very tight schedule, but it would be helpful if you could arrange a meeting with me.
我想您的行程必定非常緊湊，但若能與您安排會面將會很有幫助。

◆ Could you feasibly make some time to arrange a meeting with me?
能否請您撥冗與我安排一次會面呢？

# 如何謙恭有禮地敲定會面

## When would be convenient for you?

您何時方便呢？

---

A: When would be convenient for you?

您何時方便呢？

B: I have a full schedule this week.
How about next Wednesday at 10 am?

我本週行程已滿。下週三上午 10 點如何？

A: Perfect. I'll come to your office next Wednesday at 10 am.

好極了。我下週三上午 10 點會到您的辦公室。

B: Ok. See you then.

好，那麼到時見了。

A: I look forward to having a fruitful discussion with you.
Have a wonderful day!

很期待和您有一場成果豐碩的討論。
祝您有個美好的一天！

---

## ✓ 用「would」以禮貌恭敬的態度確認日期時間

誠如前述，在商務英語中，不給對方選擇的問法可說是極為失禮。舉凡跟不認識的人約定會面，或是提出某些難以獲得對方同意的要求時，都要以「將選擇權留給對方」的形式慎重請託。

若是跟熟識的客戶約時間，也可以用「When is convenient for you?」（你什麼時候方便？）這句。畢竟商務英語以禮貌為基礎，

約定會面是創造新的業務洽談機會、進而獲得訂單重要的第一步，因此非英語母語者都會用「would」，禮貌地詢問對方「**When would be convenient for you?**」（您何時方便呢？）。

為什麼不是用「could」而是用「would」呢？「could」和「would」本來意義就不同。

● could：原形為 can。用於確認在能力上、可能性上是否可行。
● would：原形為 will。用於詢問對方是否有意願做可以做到的事。

換句話說，使用「could」說成「When could be convenient for you?」（什麼時間對您來說可能方便？）的話，就變成是問對方「有沒有方便的時間」。而使用「would」說成「When would be convenient for you?」（您何時方便呢？）才是不失禮的「**尊重對方意願的問法**」。

| | | |
|---|---|---|
| ○ | When would be convenient for you? | 以禮貌恭敬的態度尊重對方意願的問法 |
| △ | When could be convenient for you? | 確認對方有無方便的時間 |
| ✕ | When will be convenient for you? | 較輕鬆、不正式的說法。對於初次接觸的客戶，最好採用更禮貌恭敬的表達方式 |

## ✓ 不確定該用「could」還是「would」時⋯⋯

不過，像是「Could you please open the window?」、「Would you please open the window?」等，依情況不同，有時確實可以

用「could」也可以用「would」。因此必須視個別狀況，考量欲表達的意思來分別運用。

當你覺得「雖想對地位高於自己的人及客戶等使用禮貌恭敬的說法，但不確定到底該使用何者」的時候，**總之用「would」就不會錯**。

在商務英語的情境中，請以禮貌爲座右銘，加上謙恭的態度，在尊重對方意願的前提下，進行日期時間的確認。

讓我們學習更多其他的講法！

◆ When would be good for you?
您覺得什麼時候好呢？

◆ When would be best for you?
您覺得何時最好呢？

◆ When would you be available?
您何時有空呢？

◆ When would be alright for you?
您何時可以呢？

◆ When would be convenient?
何時方便呢？

# 提高自己在會議中的
# 存在感，不再像空氣般
# 無足輕重

不在會議上發言的人，往往會被認為沒在
做事。因此，你必須積極主動地發言才行。
這裡便要為那些總是很難在談話中插上一
腳的人，介紹一些好用的句子。

# 設定目的與目標，取得主導權

## The objective of this meeting is to define the outline of the presentation.

本次會議的目的是要確定簡報的大綱。

**A:** Hello everyone. I'd like to welcome you all and thank everyone for coming. The objective of this meeting is to define the outline of the presentation.

大家好。我想歡迎大家，並感謝各位的到來。
本次會議的目的是要確定簡報的大綱。

**B:** Certainly.

好的。

**A:** Could you please tell us your thoughts?

可以請你告訴我們你的想法嗎？

**B:** We need to propose innovative products in order to differentiate ourselves from our competitors.

我們需要提出創新的產品，以便與競爭對手有所區別。

**A:** That sounds interesting!

聽起來很有趣呢！

## ✓ 用「objective」來讓人想像談話內容，以展開討論

即使是在以英語能力較低的人為主體所召開的會議，你依舊很容易如空氣般毫無存在感。若你覺得自己缺乏英語能力，無法在開會或簡報時充分表達自己想說的，那就使用「objective」。**透過用「objective」來指出「目的與目標」，先讓大家想像談話的內容，**

後續發言就會變得更清楚易懂。

使用「objective」來開場還有另一個好處，**那就是第一個提到話題核心的「目的與目標」的人，往往能夠領導當下的討論。** 例如，你可以用「**The objective of this meeting is to decide next year's budget.**」（本次會議的目的是要決定明年的預算）這樣的句子來為會議開場。

## ✓ 分別適切運用「target」、「objective」、「goal」這 3 個單字

可做為「目的」之意使用的英語說法除了「**objective**」外，還有「**target**」和「**goal**」，不過，這三者的語意略有不同。

- target（短期目標）：帶有「目標的達成較為具體且實際可見」之意，通常做為「近期目標、目的」使用。用於在短時間內達成具體數值目標的情況。
- objective（中長期目標）：通常做為「中長期的目標」使用。在日常工作中，用於年度、季、月等中長期的目標達成。
- goal（長期目標）：帶有強烈的「努力方向或志向」、「期望的結果」等含意。通常做為應達成的「長期目標」(End Goal) 使用。

這些單字基本上意思相同，但如上所述，仍存有一些細微的語意差異。舉例來說，若以部門在新年提出的應達成長期目標為「goal」，那麼，為了達成該長期目標而執行的專案或工作等，便是中長期目標「objective」，而為了達成那些中長期目標而處理的眼前工作，則是短期目標「target」。

為了有效率地推動業務，正確表達並分享目的與目標相當重要。一旦能夠正確地分別運用，英語的表達效果就會大幅提升。在商務上，藉由釐清目的與目標，便能夠進行有效率的討論。

請仿效非英語母語者們，正確地分別運用「target」、「objective」、「goal」來讓大家清楚明確地認識目的與目標，以達成最終目的。

- Our company goal is to be the leader of this field.
  我們公司的目標是要成為此領域的領導者。

- The objective for this year is to make this product more popular.
  今年的目標是要讓這個產品更受歡迎。

- The target for this month is to sell 3 million yen worth of this product.
  本月目標是要讓此產品的銷售額達到 3 百萬日圓。

- Our goal is to achieve a gender-balanced workplace, with 50 percent female managers and 50 percent male managers, by 2025.
  我們的目標是要在 2025 年之前，成為女性主管占 50%，而男性主管也占 50% 的性別平衡職場。

- The objective of this meeting is to decide how to increase the number of female managers by 50% this year.
  本次會議的目的，是要決定如何在今年將女性主管的人數增加 50%。

- The target for this quarter is to hire 10 female managers.
  本季的目標是要雇用 10 名女性主管。

# 在被問「重點是什麼？」之前，簡短地傳達概要

## First, let me give an overview of the project.

首先，讓我來說明一下此專案的概要。

A: **Well, since everyone is here, let's start the meeting.**

那麼，既然大家都到齊了，我們就開始開會吧。

B: **Who's first?**

誰要第一個發言？

A: **I'll go.**
First, let me give an overview of the project.

我先來。
首先，讓我來說明一下此專案的概要。

B: **Sure. Go ahead.**

好的，請說。

A: **The purpose of the project is to help customers shift to a modern work place.**

此專案的目的，是要幫助顧客轉移至現代化的工作場所。

## ✓ 用「overview」來傳達後續說明的概述

在英語國家的商務場合中，簡報或業務洽談都是從「概述自身發言全貌」這件事開始。這時，**可以簡單扼要地介紹整體概要及重點的單字，就是「overview」**。

在口頭或電子郵件等報告中採取「依序說明」的方式，可說是日

本人常犯的錯誤之一。畢竟在英語裡「先說結論」是標準原則，因此一旦像日文那樣依先後順序逐步說明，就無法讓英語母語者理解，甚至會令他們困惑地覺得「你到底想說什麼？」、「重點到底是什麼？」。

而除日本人以外的非英語母語者基於對英語的自卑感，一心覺得非要完整說明不可，結果就說了各式各樣過多的資訊，反而導致母語者困惑等例子，我也看過很多。但其實熟練的非英語母語者，為了明確傳達自己想說的內容，都會先簡單地說明「概要」。

以「概要」呈現「整體」後，再說明「細節」，並依需求做補充。這樣就不會讓對方困惑，而能順利傳達自己的想法。**在你用非母語的英語談話時，請注意一定要先概述整體全貌。**

## ✓ 也可以用「summary」、「outline」或「picture」

從「**First, let me give an overview of the project.**」（首先，讓我來說明一下此專案的概要）這句話開始，接著移往自己想說的內容。

「**I'd like to talk to you about how we can target the youth market.**」（我想跟您談談我們如何能夠瞄準年輕人市場）
「**I would like to take this opportunity to talk to you about our upcoming premier event.**」（我想藉此機會跟您談談我們即將舉行的首要活動）

就像這樣，請務必記得在「First, let me give an overview of the project.」這句之後，要接著說出具體內容。

而除了「overview」外，能以同樣方式使用的單字還有「**summary**」、「**outline**」及「**picture**」等。還有用「**what ～ is like**」表達「～是怎樣的感覺」，用「**what ～ is all about**」表達「～是關於什麼」等意思，也都能夠傳達類似「概要」的語意。這些句型在以下的「讓我們學習更多其他的講法！」部分也有介紹，請務必記住。

讓我們學習更多其他的講法！

- To begin with, I will give an overview of my presentation.
  首先，我將說明一下簡報的內容概要。

- I'm now going to give a brief summary of the project.
  現在，我要對此專案做個簡介。

- I'd like to begin with a brief outline of our company's operations in Asia.
  我想從我們公司在亞洲的業務簡介開始講起。

- Now I'm hoping to give you an idea of what our marketing team has been doing.
  現在，我希望能為您介紹一下我們行銷團隊一直以來執行的工作。

- I'll let you know what this meeting is all about.
  我將讓各位瞭解本次的會議概要。

# 確認對方是否有正確理解

## Let me clarify my point.

（為了確認）請讓我闡明我的論點。

A: **Let me clarify my point.** ：（為了確認）請讓我闡明我的論點。

B: **Please do.** ：請說。

A: **How can a modern work place help customers? First, it allows customers to work anywhere. Second, it allows them to work anytime. Finally, it allows them to work on any device.**

現代化的工作場所如何能夠幫助顧客？
首先，能讓顧客在任何地方工作。
其次，能讓他們隨時工作。
最後，能讓他們在任何裝置上工作。

B: **Sounds very innovative.** ：聽起來非常創新。

A: **Yes. It will increase customer productivity, the long-term growth of the organization and eventually retain the best employees.**

是的。這能夠提高顧客的生產力、組織的長期成長，而且最終還能留住最優秀的員工。

## ✓ 用「clarify」來確認自己的想法是否已正確傳達

當想要進一步具體確認自己敘述的不清楚之處，或是對方的說明時，最有效好用的就是「clarify」這個字了。不同於「make clear」及「make it (this) clear」等只是單純表示把事物說明清楚，

「clarify」還含有「實實在在地根據有系統的專業知識來釐清事物」之意。

◯ clarify　　　　實實在在地根據有系統的專業知識來釐清事物

✕ make clear　　單純表示把事物說明清楚

## ✓ 比起「I will make this clear.」，用「I will clarify this.」會更好

例如，被主管或客戶問到「這個提案中的數字代表什麼意義？」時，與其回答「I will make this clear.」，你還不如回答「I will clarify this.」，不僅較正式，同時還具有「根據有系統的專業知識來釐清事物」的形象。亦即使用「clarify」，能夠給人一種「在工作上是可靠的專業人士」的正面印象。

據說「即使說的是同一種語言，人的想法也只能夠傳達六成」。若是如此，那麼非英語母語者所說的話經常讓人產生誤解，著實是再合理不過的事。在海外，並沒有聆聽者要察覺對方想法並採取對應行動等所謂「默契」這種事，要把自己的想法傳達給對方知道時，是傳達的一方需要做出努力。由於非英語母語者們對這點都有深切的體悟，所以會在一些關鍵處使用「clarify」來確認「對方是否有正確理解」。

例如，像「Let me clarify my point. First ～ , Second ～ , Finally ～」（讓我闡明我的論點，首先～，其次～，最後～）這樣，自行再次確認自己所說的內容是否有確實傳達給對方，並與對方的認知進

行比對。此外，英語母語者除了「First 〜, Second 〜, Finally 〜」之外，也很常使用「A 〜, B 〜, C 〜」的句型。

而除了「clarify」外，能以同樣方式使用的單字還有「**define**」（下定義、闡明含意）、「**identify**」（識別、區分）、「**specify**」（指明、具體說明）等。

反之，當你無法理解對方所說的內容時，也可以使用「clarify」。例如，以「**Could you clarify your point?**」（能否請您闡明您的論點？）來確認對方想說的內容。在商務上若有任何不清楚或不瞭解的地方，請記得用「clarify」來好好確認其內容及目的喔。

讓我們學習更多其他的講法！

◆ I'll confirm what needs to be done for the project to succeed.
我要確認若此專案要成功需要做哪些事。

◆ Let me define the role and responsibility of the team members of the project.
讓我來定義一下此專案團隊成員的角色和責任。

◆ I'd like to identify the root causes of the difficulties facing the project.
我想確認此專案遭遇困難的根本原因。

◆ Let me specify the contents of our proposal.
讓我具體說明一下我們的提案內容。

◆ I am the type of person who is not satisfied until I have understood the cause of things.
我是那種除非瞭解事物原因，否則就無法滿意的人。

提高自己在會議中的存在感，不再像空氣般無足輕重

# 在不與人衝突的前提下
# 表達自己的意見

## Let me share with you my opinion on this issue.

讓我與您分享我對這個問題的看法。

A: **Considering the lack of manpower today, we need to take immediate actions to improve work productivity.**

考量到最近的人力不足，我們需要立即採取行動以改善工作產能。

B: **I have concerns about how to change customer work practices and environment.**

我對於如何改變顧客的工作方式及環境有些顧慮。

A: Let me share with you my opinion on this issue.

讓我與您分享我對這個問題的看法。

B: **Thanks.**

謝謝，您請說。

A: **How work is done is changing and enterprise, along with its IT systems, must evolve to support this change.**

現今的工作方式正在改變，而企業及其 IT 系統必須進化以支援此一變革。

## ✓ 使用「let me share」，在尊重對方的同時說出自己想說的

欲表達自己的想法時，別用「**tell**」，要用「**share**」。「tell」會

給人一種單方面告知對方的感覺，而「share」則給人一種彼此分享、尊重對方的印象。所以非英語母語者們都用「**Let me share（with you）my opinion on this issue.**」（讓我與您分享我對這個問題的看法）的說法，以「分享」自身想法的感覺，來傳達自己想說的。

○ share　　給人一種彼此分享、尊重對方的印象
✕ tell　　　單方面告知對方的感覺

「let me ～」是表示「請讓我～」之意的句型，搭配「share」使用而變成「**let me share**」的話，**就會產生禮貌柔和的氣氛，是能夠展現謙卑態度的理想說法。**

由於不是單方面硬逼對方接收自己想表達的事情，故能給人一種細心體貼的印象。也因為如此，用這種彷彿夾了一句緩衝句的溫和表達，往往能將討論帶往有建設性的方向。

## ✓ 使用「share」就能在和緩的氛圍中說出自己的意見

以日常對話來說，只是默默地微笑、不表示意見也不會有任何問題。但在商務上，「Time is money.」（時間就是金錢），一言不發地浪費時間，在海外是不可能受到好評的。

在國際社會上，「不會發言」只會獲得負面評價。除了「從不發言」＝「沒有思考過自己的意見」所以很糟糕之外，就算是「英語爛得太丟人而說不出話來」也不會被接受。因為坦白說，「害羞也

是一種負面印象」。

或許只有我周遭的外國人是這樣也說不定，不過在餐廳裡，當 3 歲的小孩對爸媽說「我想喝水」時，他們都教小孩要「自己去跟服務生說」。而據說一問之下，他們的理由是「因為害羞並不是一件好事」。對他們來說，「害羞」不是個性問題，而是「對話練習不夠」的問題。他們並沒有責怪因害羞而無法說英語的人，但確實覺得這樣的人「就成年人的能力而言還不夠成熟」。

雖然對英語沒自信，但為了避免對周遭失禮而必須說點什麼的時候，**只要利用「share」，便能在禮貌柔和的氣氛中表達自己的意見**。與許多國籍、價值觀各自不同的外國人一起工作時，若被想成是那種自以為是的傢伙可就糟了。**千萬別強迫對方接收自己的想法，必須要抱持著始終尊重對方想法，彼此「分享」、「分攤」、「共享」的態度才行**。請運用「let me share」的句型，勇敢地確實表達自身意見，並與外國人交換想法吧。

讓我們學習更多其他的講法！

⬥ Let me share my idea with you.
　讓我與您分享我的想法。

⬥ I'd be happy to share my opinion on this issue.
　我很樂意分享我對這個問題的看法。

⬥ Could you share your honest opinion on this issue?
　能否請您分享您對此問題的真實意見？

⬥ I'd like to share ideas about the new campaign with you.
　我想與您分享關於這個新活動的想法。

⬥ Thank you for sharing your thoughts with us.
　感謝您與我們分享您的想法。

# 進行總結摘要，
# 好讓論述更清楚易懂

## I'd like to summarize the key points.

我想總結一下關鍵要點。

| | |
|---|---|
| A: I'd like to summarize the key points. | 我想總結一下關鍵要點。 |
| B: That's helpful. | 那會很有幫助。 |
| A: At the root of this change are customers want to work anytime, anywhere and on any device. | 此變化的根源在於，顧客希望能隨時、隨地，並在任何裝置上工作。 |
| B: And what else? | 還有什麼別的嗎？ |
| A: We must provide customers a high security business solution. | 我們必須為顧客提供具高度安全性的商業解決方案。 |

## ✓ 用「summarize」來整理資訊摘要

在簡報或會議上，於每個段落空檔做個「總結」，便能讓你想傳達的內容顯得更簡單易懂。而常用於表示「總結」之意的詞語主要有三個，就是「**summarize**」、「**sum up**」和「**conclude**」。

| | |
|---|---|
| summarize | 總結。和 sum up 同義 |
| sum up | 總結。和 summarize 同義 |
| conclude | 除了總結外，也用於說出自己的結論 |

首先，「summarize」這個字就是「總結」的意思，而使用「sum up」也是表達同樣的意思。例如，**I'd like to summarize the key points.**」（我想總結一下關鍵要點）及「**Let me sum up my presentation.**」（讓我總結一下我的簡報內容）。我都把「summarize」和「sum up」視為同義詞使用，並未做區分。

接著，「conclude」則是「總結並做出自己的結論」的意思，和「summarize」、「sum up」有所不同。**因此，我通常都會以「summarize」總結要點，最後再用「conclude」來敘述自己的意見**。不論說明得再怎麼好，人的想法往往比我們想像的還難以正確傳達。正因如此，才要在一些關鍵處用「summarize」來整理要點，將希望對方理解的部分好好闡明。

## ✓ 提出結論前的那段話也很重要

在做報告時，必定需要整理要點或做個總結。尤其越是在對方顯然很忙、不可能把內容全都看過的情況下，就越有可能無法順利傳達訊息。因此在簡報或會議中，便需要在每個段落空檔，以清楚明確的表達方式來做「總結」，並進行確認。

例如，在提出結論前，先以一段話表達簡報即將結束，現在要總結內容，然後說明結論。

「**Now I'm reaching to the end of my presentation.**」
（我的簡報即將接近尾聲）

「**Let me summarize the main points of today's presentation.**」
（讓我來總結一下今日簡報的主要重點）

**「I'd like to conclude that our product is reliable and the most inexpensive.」**

（我的結論是，我們的產品可靠又最便宜）

亦即使用上述這類句子，來明確表達簡報或演說已接近尾聲。

在商務上，必須在彼此都沒有任何疑問的狀態下，確認並執行必要的行動。所以在做報告時，請務必要總結要點喔。

讓我們學習更多其他的講法！

- So let me summarize where we are.
  那麼讓我來暫且做個總結。

- Let me sum up what we have done this month.
  讓我來總結一下我們這個月做了些什麼。

- Let me briefly conclude my key points.
  讓我簡短地總結一下我的結論要點。

- I'd like to conclude my presentation by telling you a little story.
  我想以一個小故事來為我的簡報作結。

- Finally, I'll summarize the contents of my presentation, and conclude.
  最後，我將總結我的簡報內容，並做出結論。

# "能讓新企劃成功的表達方式"

在商務上，經常會需要傳達工作的進展狀況，也會需要定期向主管或客戶做進度報告。而重點在於，你必須在主管開口要求你之前，就先確實傳達。

# 用能夠觸動母語者的話語，來讓企劃通過

## I will launch a new advertising campaign.
我將發起一個新的廣告活動（含有「必定成功」之意）。

A: **I finally defined our annual campaign plans.**

我終於制定好我們的年度活動計劃了。

B: **What plans do you have for the holiday seasons?**

今年的歲末假期有什麼計劃？

A: I will launch a new advertising campaign **in December.**

我將在 12 月發起一個新的廣告活動（而且一定會成功）。

B: **That's a terrific idea! I hope it will go well.**

那真是個超棒的主意！希望會很順利。

A: **I will definitely make this a success.**

我絕對會讓這個計劃成功。

## ✓ 用「launch」製造興奮期待感，以展開新企劃

正如某些詞彙容易讓我們感動，也有一些英文詞語較易觸動外國人的心。「launch」便是其中之一。這個詞彙能讓英語母語者產生「某些新事物即將展開的振奮感」。

雖然也可簡單地使用「start」或「begin」，但「launch」這個字還含有船舶啟航、火箭發射等那種興奮期待及充滿活力的感覺，

故很建議各位多加利用。在工作上要展開某些新事物，或是在開啟新事業、建立新據點時，**特意使用「launch」這個字，便能讓英語母語者因期待而感到亢奮**。由於這個字能讓人感受到強大氣勢，故請利用它來製造一種「新產品或新企劃朝著成功直線前進」的正面印象。

 launch　　　　　新產品或新企劃朝著成功推進的正面印象

✗ start、begin　　單純開始某些事物的印象

更進一步地說，總之「launch」是「具知性感的單字」之一，身為非英語母語者，真的沒理由不用這個字。**藉由「launch」的使用，便能讓英語母語者充分感受到事物有多麼地新穎、多麼地棒。**

讓我們學習更多其他的講法！

◆ I will launch a new product in February next year.
我將在明年 2 月推出一個新產品（而且一定會成功）。

◆ I will launch a business in a new field.
我將在新領域展開一項業務（而且一定會成功）。

◆ I am now preparing to launch a new career as a Project Manager.
我正準備以專案經理的身分展開新的職業生涯（而且一定會成功）。

◆ I launched my first company when I was only 22.
我在年僅 22 歲時開了我的第一間公司。

◆ I've recently launched a new product that has received media attention.
我最近推出了一個備受媒體關注的新產品。

# 強調將工作徹底完成的堅忍意志

## I'll execute the plan from next week onwards.

我將從下週開始執行此計劃（含有「一定會達成」之意）。

A: **I've defined the implementation plan for the campaign.**
I'll execute the plan from next week onwards.

我為此活動制定了實施計劃。
我將從下週開始執行此計劃（而且一定會達成）。

B: **Could you explain that in more detail?**

你可以再解釋得詳細一些嗎？

A: **We will define the detailed plan in next two months.**
**First, we will have interviews with the senior management of each business department.**
**Then, we will conduct surveys for potential customers.**

我們將於接下來的兩個月制定詳細計劃。
首先，我們將與各事業部的高階管理人員進行訪談。接著，我們將針對潛在顧客進行意見調查。

B: **Sounds so exciting.**

聽起來真令人興奮。

A: **Yes, it is. I believe this campaign can help our growth.**

是的，確實。我相信此活動能幫助我們成長。

# ✓ 不用「do」而是用「execute」來表達徹底完成之意

不同於單純代表執行之意的「do」，「execute」還包含了徹底執行、依據計劃執行、認真思考並執行等意思。

| | | |
|---|---|---|
| ○ | execute | 確立通往成功之路徑，並以堅強的意志徹底實行 |
| ✗ | do | 單純執行計劃或作業 |

而「execute」也還有其他意義，包括「施行」法律、「執行」判決、「扮演」角色等。這個單字主要用於將職責或命令、判決、程式等已事先決定好的事項付諸實行的時候。

在電影及電視劇中，「execute」也經常用於表示「執行死刑」之意，不過在商務上都是用來表達「執行已經決定的事情」。尤其在執行複雜、困難的事情時，更是格外合適。

非英語母語者都會運用「**execute**」，**針對工作或專案計劃的推行表達「確立通往成功之路徑，並以堅強的意志徹底實行」的意思。**

例如，不單純地以「do」說成「I'll do all orders by end of this week.」（我會在本週末前做好所有訂單），**而是把「do」改成「execute」的話，就能製造出「基於正確的工作態度，我會在本週末前徹底完成所有訂單」這種積極、正面的形象。**畢竟比起「只是單純完成工作的人」，主管及客戶對於「會徹底完成任務而能讓人感受到堅強意志的人」都有更好的印象。

# ✓ 「executive」是「execute」的衍生詞

在英語裡，對於任務或專案，以言語表達出「認真思考並確實執行」的態度可說是非常重要。另外補充一下，「execute」有個衍生詞叫「executive」，代表「高級主管」之意。這個字就是源自「執行了各種事務進而成為成功人士」這樣的意義。

因此，請運用「execute」來傳達自己在工作上總是「徹底執行」，以及「確立通往成功之路徑，並以堅強意志行動」的積極態度。

讓我們學習更多其他的講法！

♦ I will create and execute a roadmap for Transformation initiatives.
我將為轉型計劃建立並執行藍圖（而且一定會達成）。

♦ I will execute the new strategy while focusing on customer satisfaction.
我將在聚焦客戶滿意度的同時執行此新策略（而且一定會達成）。

♦ I will execute necessary action for the improvement of productivity.
我將實行必要的行動以增進生產力（而且一定會達成）。

♦ I will execute our customer's orders of our latest products.
我將執行客戶對我們最新產品下的訂單（而且一定會達成）。

♦ I will execute every task with passion.
我將滿懷熱情地執行每一項任務（而且一定會達成）。

# 「do the best」萬萬用不得。 表示「努力」的最佳說法是？

## I'm committed to providing the best customer experience in the industry.

我致力於提供業界最佳的顧客體驗（含有「一定會做出成果」之意）。

A: **I've considered new strategies to improve customer satisfaction.**

我仔細思考了新的策略來改善顧客滿意度。

B: **How can you manage customer satisfaction?**

你如何能夠掌控顧客滿意度？

A: I'm committed to providing the best customer experience in the industry.

我致力於提供業界最佳的顧客體驗（而且一定會做出成果）。

B: **How can you provide the best customer experience?**

你要如何提供最佳的顧客體驗？

A: **Sure. Let me share my plan with you.**

好，讓我與您分享我的計劃。

## ✓ 運用「commit」來表達言出必行之意

在許多英語學習書中，多半都把「努力」譯為「do the best」、「try the best」等等，但其實非英語母語者若是要在商務上表達此意，最好使用「**commit**」。

| ◯ | commit | 可給人為了達成目的或目標，負起責任、積極努力且「必定伴隨成果」的印象 |
| ✕ | do (try) the best | 雖然會努力，但不知能否做到。給人一種「總之就只是盡力而為」的印象 |

相對於「do the best」所表示的「努力（但不知能否做到）」之意，**「commit」則可進一步表達「努力（而且一定會做出成果）」的意思。**

在日本，或許是因為「雖然現在才剛入行，但將來會培育成可獨當一面的狀態」這種觀念盛行的關係，即使在工作場合，適合使用「do the best」的情境依舊常見。

但在國際社會，不論是哪家公司、哪個職務，職務內容（Job description）都已事先定義好，該達成的工作都已有明確的規定，就算是新人也不例外，一樣會被指派「應達成的成果」。

## ✓ 「I will do my best.」 無法讓你被認可為獨當一面的社會人

在國際社會上，一旦說了「I will do my best.」，必定會得到「還不夠，你要給出結果才行」的回應。沒有「結果」，亦即做不出「成果」的話，便不會被認可為獨當一面的社會人。

我想說的是「在公司裡工作＝不只是努力，還必須伴隨著成果」，而這點同樣適用於不會英語的非英語母語者。不論是英語母語者還是非母語者，只要在國際社會工作，就必須使用「commit」來

傳達「爲了達成目的或目標而負起責任、積極努力」的態度。

在國際社會要能做出成果，不只是努力就好，還非得成功不可。非英語母語者們不使用「do the best」來表示單純的全力以赴，而是用「commit」來表明「言出必行」的決心。因爲在海外，拿不出成果就無法獲得好評。正因爲在英語上有障礙，因此，若在「關鍵時刻」不好好表現出致力於工作的那種認眞態度，可是會吃大虧的。

而在展現認眞態度的同時，傳達自己爲了達成目的或目標，而負起責任、積極努力、必定做出成果的氣魄，也能夠大幅提升自己給外國人的印象。

讓我們學習更多其他的轉法！

* I'm committed to spreading positive energy to the people around me.
  我致力於散播正能量給周圍的人們（而且一定會做出成果）。

* I'm committed to customer satisfaction.
  我致力於提升客戶滿意度（而且一定會做出成果）。

* I'm committed to promoting customers' business transformation.
  我致力於促進顧客的業務轉型（而且一定會做出成果）。

* This year I'm committed to launching a new product and making it a popular one.
  今年，我致力於推出新產品並使之成爲熱銷商品（而且一定會做出成果）。

* This year I'm committed to doubling our sales with a revenue goal of $3M.
  今年，我致力於讓我們的銷售額倍增，達到 3 百萬美元的營收目標（而且一定會做出成果）。

# 「will」、「think」都太弱，要傳達「做出成果」的氣魄

## I aim to double revenue through the project.

我打算透過此專案讓營收翻倍（含有「已在準備」之意）。

A: After the pilot of the SFA (Sales Force Automation) project, our sales improved.

在進行 SFA（銷售自動化）專案的實驗性應用後，我們的銷量有所提升。

B: In short, we can improve sales productivity, right?

簡言之，我們可以改善銷售產能，對吧？

A: I'm sure we can.
First, let me share with you what we have identified through the pilot.

沒錯，我保證可以。
首先，讓我與您分享一下我們透過該實驗性應用所獲得的一些發現。

B: Sure, no problem.
Also, could you tell me how much improvement we can expect through the project?

好的，沒問題。此外，你能否也告訴我，透過該專案，我們可期待獲得多少改善效果？

A: I would be happy to.
We can significantly improve sales productivity.
Thus, I aim to double revenue through the project.

我很樂意告訴您。
我們能夠大幅改善銷售產能。因此，我打算透過此專案讓營收翻倍（而且也已在準備中）。

## ✓ 使用「aim」傳達對工作的幹勁，
## 以及達成目標並做出成果的堅強意志

在談論今後將進行的事情時，我想使用「I will ～」（我將會～）、「I think ～」（我想～）等句型的情況應該比較多。雖然平常這麼說沒什麼關係，**但當你想加進「一定會做出成果！」這樣的堅強意志時，就要使用「aim」。**

| | | |
|---|---|---|
| ◯ | aim | 在腦海中描繪可實現的目標或目的，給人一種已經展開行動，以實現該目標或目的之印象。同時也能傳達「一定會做出成果」的滿腔熱情 |
| ✕ | will、think | 只能給人單純要達成目標、目的之印象，不具有做出成果的熱情 |

「aim」是從「瞄準（槍枝的）目標」、「（將槍枝等）對準目標」等意義，衍生為也具有「以～為目標」、「立志追求～」、「意圖達成～」等意思的單字。**當非英語母語者想要暗示自己「在腦海中描繪了可實現的目標或目的，而且已經展開行動」時，便會使用「aim」。**

## ✓ 極力強調自己充滿信心

由於在商務上必須要做出成果，因此，向主管或客戶強調自己擁有「做出成果的幹勁」非常重要。尤其活躍於海外的非英語母語者，更是必須做出超越母語者的成果，以展現自己的存在價值。所以，不能只用僅表示單純意思的「I will ～」或「I think ～」等句型，**有時也必須使用「aim」來極力強調自己充滿自信才行。**

想要傳達做為目標的具體數字，或是要具體地說明欲達成之目標時，就可用「**I aim to double revenue through the project.**」（我打算透過此專案讓營收翻倍）這樣的句子，以「aim」來強調今後將獲得的成果。

**請妥善運用「aim」，好好地表達把工作成果最大化的熱情，以及必定要做出成果的堅強意志。**

* I aim to acquire 300 new customers.
  我打算獲取 300 名新顧客（而且也已在準備中）。

* I aim to give the best possible service.
  我打算提供盡可能最好的服務（而且也已在準備中）。

* I aim to expand sales in the South East Asian market.
  我打算在東南亞市場擴大銷售（而且也已在準備中）。

* I aim to launch a new office in Singapore.
  我打算在新加坡設立新的辦公室（而且也已在準備中）。

* I aim to grow so that I could help others grow.
  我以自我成長為目標，這樣我才能幫助他人成長（而且也已在準備中）。

# 特地講出來很重要。
# 要宣告成果的時候就這麼說

## I am willing to commit to achieving a 120% increase in sales year-over-year.

我會致力於達成 120% 的銷售額年增率（含有「一定會達成」之意）。

A: I am willing to commit to achieving a 120% increase in sales year-over-year.

我會致力於達成 120% 的銷售額年增率（而且一定會達成）。

B: Are you serious?

你是認真的嗎？

A: I'd be happy to share with you my sales plan to make this happen.

我很樂意與您分享我達成該目標的銷售計劃。

B: Excellent! Keep up the good work.

好極了！請繼續努力。

A: Thanks. I will!

謝謝。我會的！

## ✓ 使用「achieve」來激勵團隊士氣

在工作上，做出成果非常重要。而且，若是在國際化的環境裡，你還必須將做出的成果「自行宣告給主管及所屬部門的人知道」。

然而很不幸地，在商務上，若你不自己把成果講出來的話，便可能在無人知道的狀態下就此埋沒。在成果導向的全球化社會中，

爲了以非英語母語者的身分在英語世界生存，就絕不能忘記「要自行特地宣告」這點。而要「宣告業務成果」的時候，最適合用的單字就是「achieve」（達成）。

「achieve」代表了「經過長時間的辛苦與努力後達成目標」之意。報告成果時，必須像「**We achieved a 50% increase in sales year-over-year.**」這樣，運用「achieve」來表達「在適當的努力下，成功達成了 50% 的銷售額年增率」的意思。

如果使用全球語（註：Globish，旨在使用簡單、簡短的英語加上手勢溝通，由法國人保羅‧奈易耶所提倡）所建議的簡易英語詞彙「make」或「do」，感覺就只有單純表達「銷售額增加了 50%」而已。沒能藉由語感傳達「達成了困難的目標」這種印象，就國際社會上的成果報告來說是不及格的。

| | |
|---|---|
| ○ achieve | 有「經過長時間的辛苦與努力後達成目標」之意。適合用於宣告成果的情境 |
| ✕ make、do | 僅單純表示達成了目標，無法傳達所需付出的努力 |

我所崇拜的美國前總統約翰‧甘迺迪的親弟弟、以「Bobby the man」（男人中的男人）之稱廣受喜愛的羅伯特‧甘迺迪就曾說過：「Only those who dare to fail greatly can ever achieve greatly.」（敢於大敗者才得以偉大）。

「achieve」真的是個能讓人強烈感受到「設定目標，然後拚命努力達成」之意的單字。

## ✓ 以「we」為主詞來製造團隊意識

在全球化的社會中，為了讓國籍、宗教、語言等都各自不同的人們能夠團結起來，就必須刻意地喚起團隊意識。在向大家宣告目標已達成、已獲得成果的時候，不用「increased」（增加了），而是用「achieved」，同時以「we」為主詞，便能夠動人地傳達「我們團結一心地達成了目標」之意。

另外，像是「**We will achieve 1 million dollars in sales!**」（我們將達成 1 百萬美元的銷售額！）這類說法，「achieved」也可用於向成員們傳達團隊目標並予以激勵的時刻。請記得，使用「achieve」就能有效提高團隊士氣、鼓舞大家。

讓我們學習更多其他的講法！

+ I will help new employees achieve their full potential.
  我將幫助新進員工充分發揮其潛力（而且一定會達成）。

+ We can achieve our goals through hard work.
  我們可以透過努力來達成目標（而且一定會達成）。

+ We have achieved a gradual increase in sales.
  我們已成功讓銷售額逐漸增加。

+ We achieved a new sales record as one team.
  我們以團隊之姿達成了新的銷售紀錄。

+ This total is too high for us. Could we achieve any cost reduction on this quotation?
  這個總額對我們來說太高了。這個報價裡有什麼成本是我們能夠降低的嗎？

# 表達重視流程
# 且將做出成果的決心

## I will generate a lot of leads through the promotion.

我將透過此次促銷開發許多潛在客戶（含有「也會創造該流程」之意）。

**A:** I will launch a new promotion next week.

我下週將會推出一項新的促銷活動。

**B:** Great. But you need more sales to meet our annual sales target.

好極了。但你還需要再增加銷售額，才能達到我們的年度銷售目標。

**A:** I know. Don't worry. I'm sure that I will generate a lot of leads through the promotion.

我知道，別擔心。我很確定我將透過此次促銷開發許多潛在客戶（而且也會創造該流程）。

**B:** That's great. Why do you think so?

那真是太棒了！你為什麼這麼想？

**A:** Last year I generated 20% more sales than the previous year with a similar promotion.

（因為）去年我以類似的促銷活動創造了比前一年多 20% 的銷售額。

## ✓ 使用「generate」，誓言做出成果、達成目的

雖說在工作上，「做出成果」很重要，但其實「創造流程」也很重要。「generate」這個單字所表示的意義，正是「經歷適當流

程後產出利益」。

非英語母語者往往不用「make」，而是刻意使用「generate」來傳達「**靠著自己的決心，創造流程，並贏得目標成果**」之意。同時藉此讓對方留下「所實現的並非一次性的短暫成果，而是可以重現的成果」這種印象。

此外，正如「generate」可讓人聯想到的「generator」（發電機）一詞，由其發電、產生電力之意可知，「generate」這個字帶有能產生某些事物的強烈印象。而前面介紹過的「achieve」，也是用來表示「達成目的」之意的單字，可用於有明確目的或目標的情況，還能有效激勵團隊士氣。

## ✓ 「generate」比「achieve」更具強烈意念

用「achieve」或「generate」都可以，不過以我個人來說，想表達強烈的熱情、意念時，我都會刻意使用「generate」。而我想非英語母語者在談論團隊的成就，或是達成目標等話題時，**使用「generate」的頻率應該也高於「achieve」**。

| | | |
|---|---|---|
| ○ | generate | 含有「自行創造流程，並贏得成果之決心」，同時給人「並非偶然、一次性的，而是建構具重現性的流程」這種印象 |
| ○ | achieve | 可用於有明確目的或目標的情況，還能有效激勵團隊士氣。若想將熱情融入自己所能實現的成果時，就用「generate」 |
| ✕ | make | 只能給人單純要達成目標、目的之印象。不具有做出成果的熱忱 |

在商務上，「獲利」這件事非常重要。因此，搭配表示「利潤」之意的「profit」來運用，例如，「**We will generate profit.**」（我們將創造利潤），便能讓人產生今後利潤將不斷增加的強烈感受。另外，「generate leads」、「generate sales」、「generate opportunities」等說法也都相當常用，因此請務必參閱以下「讓我們學習更多其他的講法！」部分的相關例句。

讓我們學習更多其他的講法！

♦ I will generate leads through this promotion.
　我將透過此次促銷開發許多潛在客戶（而且也會創造該流程）。

♦ I will generate over twice as many sales than last year through the new campaign.
　我將透過新的活動，創造出比去年的兩倍還要多的銷量（而且也會創造該流程）。

♦ I will generate opportunities so as to help customers achieve more.
　我將創造機會以幫助顧客達成更多成就（而且也會創造該流程）。

♦ I will generate interest in your company through this advertisement.
　我將透過此廣告引發人們對您公司的興趣（而且也會創造該流程）。

♦ We can generate a lot of good ideas through collaboration.
　我們可透過合作挖掘出許多好的構想（而且也會創造該流程）。

# 傳達工作毫無問題、一切進展順利

## I'm making great progress toward the goal of this fiscal year.

我正朝著本年度的目標大步邁進。

A: **It's been almost one month since my last update.**

距離我上次報告已經過了快一個月。

B: **How's the sales forecast going?**

預計的銷售狀況如何？

A: **Based on sales figures of the past two weeks,** I'm making great progress toward the goal of this fiscal year.

從過去兩週的銷售數字來看，我正朝著本年度的目標大步邁進。

B: **Brilliant! What can we expect the final result of the year to be?**

太棒了！我們能期待本年度有什麼樣的最終結果呢？

A: **It should be very positive. You won't be disappointed.**

應該是非常好，您不會失望的。

## ✓ 用「progress」來傳達工作或專案的進度

活躍於國際社會的非英語母語者，在報告工作進度時，總會記得要給人積極正面的印象。而能在這種時候發揮作用的，就是「progress」這個字。若使用「move」、「go」等單字，只會單純給人「正在進行中」的感覺，**可是用「progress」的話，則能**

產生「工作正朝著目的進展」的印象。你甚至可以採取「**make progress**」的說法，還能進一步傳達專案或任務「正朝著目的順利進行、工作一帆風順」的印象。

○ progress　　進展順利、工作一帆風順的樣子

✕ move、go　　不論好壞，總之有動作、有在變化的樣子

用「progress」這個字來報告，可讓身為英語母語者的主管或客戶覺得更安心。此外，**「progress」還有一個優點，就是也能讓團隊成員們產生「整個團隊團結一心，使得工作進展順利」的感覺**。

若與各式各樣的外國人一起工作，就必須讓大家意識到「我們是夥伴」，並激勵大家，以最大化團隊的產能。因此，即使只是報告進度，也最好利用「progress」，積極地使用帶有強烈成功意志的英語來表達。

<table>
<tr><td rowspan="10">讓我們學習更多其他的講法！</td></tr>
</table>

◆ I am making progress with my English studies.
我的英語學習正在進步中。

◆ I am making progress in improving our core business.
我正在改善我們的核心業務，而且進展順利。

◆ I have made significant progress over the past six months.
在過去六個月裡，我獲得了重大進展。

◆ The report is in progress.
報告正順利進行中。

◆ Is there any progress in the project since last month?
自上個月以來，此專案有任何進展嗎？

# 無法立刻回答時
# 就用這句來迴避

## Let me monitor the progress.

讓我（持續）監控進度狀況。

A: Last year, I achieved a 140% increase in sales year-over-year.

去年，我達成了 140% 的銷售額年增率。

B: However, sales have suddenly decreased by 20% in recent days. It seems that the campaign has become ineffective. You need to take action to stop it.

可是，這陣子銷量突然減少了 20%，看來活動似乎已經變得沒效果了。你必須採取行動以阻止這個狀況。

A: I understand your point. Let me monitor the progress.

我明白你的意思。讓我（持續）監控進度狀況。

B: Keep me updated. Let's revisit this issue next month.

隨時跟我報告最新狀況。我們下個月再來討論這個問題。

A: Will do!

我會（隨時報告最新狀況）的。

## ✓ 用「monitor」一詞來強調有在定期檢查進度狀況

對於自己被分配到的任務或專案，有時難免需要管理並監控其進度。這種時候也可使用以下這幾個單字：

- 「look」：（有意識地移動視線去）看
- 「see」：看見（映入眼簾的事物）
- 「watch」：盯著（會動的東西）看
- 「observe」：觀察
- 「confirm」：確認

不過，這些都只能單純表達視覺上的確認及觀察，只代表了一時的確認；所以要用「monitor」。

| | | |
|---|---|---|
| ○ | monitor | 依一定的週期確認進度與狀況 |
| ✕ | look、see、watch、observe、confirm | 只是視覺上的確認及觀察，僅代表一時的確認 |

「monitor」具有「不斷觀察、不斷監視」之意，因此可表達「隨著時間、依一定週期好好確認進度與狀況」的意思。

在商務上，有時可能會被迫當場決定重要事項，想表達「可是現在無法立刻決定！」的話，就用「monitor」。

例如，以「**Let's monitor the progress.**」表示「讓我們好好定期監看進度與狀況後再做判斷」，**如此便能用積極正向的說法表達「無法立刻決定」之意。**

## ✓ 「有在定期觀察」的安全感很重要

工作績效總被嚴格評估的非英語母語者，只要運用「monitor」一

詞來創造「我有確實定期觀察工作進度」這種形象，就能給予主管或客戶安全感。

不使用那些僅表示短時間的「查看、檢查」之意的單字，透過「monitor」一詞的運用，便得以強調「並非一次、兩次，而是實實在在地定期觀察並報告進度，絕無遺漏」之意。請務必妥善利用這種能讓對方安心的單字，來贏得信賴。

讓我們學習更多其他的講法！

◆ Let's monitor sales before making a decision.
在做出決定前，讓我們先（持續地）觀察一下銷售狀況。

◆ I need to monitor the progress of the troubleshooting.
我需要監控一下除錯的進度。

◆ I need to monitor the progress of the project to ensure that the project is on time.
我需要監控一下專案進度，以確保該專案有按時進行。

◆ I'll monitor consumer behavior at all relevant consumer touch points.
我會監控所有相關顧客接觸點的消費者行為。

◆ I'll monitor work performance so as to contribute for our customer's business.
我會監控工作績效，以便對客戶的業務有所貢獻。

# 「請讓我考慮一下」
# 英語怎麼說？

## Let me consider other options before making a decision.

**在做決定前，請讓我考慮一下其他的選項。**

A: Let me consider other options before making a decision.

在做決定前，請讓我考慮一下其他的選項。

B: If you wouldn't mind, may I ask you what you will consider?

如果您不介意的話，我可以問您要考慮些什麼嗎？

A: Your product is really great, but isn't it rather expensive? Your price seems to be 10% higher than the market price.

你們的產品真的很棒，但相當昂貴，不是嗎？
您的價格似乎比市場價格高了 10%。

B: Understand. But, kindly note that our product has more advanced features than other products.

我瞭解。不過請留意，我們的產品比其他產品具備更多先進功能。

A: You may be right, but do customers really appreciate such features?
I need to consider other options if no discounts are available.

您或許是對的，但顧客真的會喜歡這些功能嗎？若沒有折扣優惠，我就需要考慮一下其他的選項。

## ✓ 在做出決定前，以「consider」表達認真考慮之意

我們有時會遇到需要深思熟慮後再做決定的情況。在這種關鍵情況下，若只用「think」來表達，往往會被認為是思慮不周的膚淺之人。因此，非英語母語者都會用「**Let me consider other options before making a decision.**」（在做決定前，請讓我考慮一下其他的選項）這種說法，以表示「深思熟慮」之意的「**consider**」來傳達「認真考慮」的印象。

| | |
|---|---|
| ◯ consider | 給人「認真考慮」的印象。適用於需經深思熟慮後再做決定的情況 |
| ✕ think | 只是單純想一想的感覺。在關鍵情況下，可用「think over」、「think carefully」、「think through」等說法，來表達和「consider」類似的意義 |

明明是關鍵時刻，卻無論如何都無法立刻做出決定的話，就使用「consider」。只要採取「**We need to consider this before we make a decision.**」（在做決定前，我們需要好好考慮一下）這類說法，便能建立「也要尋找並考慮其他選項後再決定」這種深思熟慮後才會做出決定的形象。

## ✓ 「讓我考慮一下」這種回應，並不代表拒絕

「讓我考慮一下」一般會譯為「**Let me consider it.**」，而這有時會造成誤解。對日本人來說，「讓我考慮一下」有「真的會考慮」和「拒絕」兩種意思，而多數時候，都是用來委婉地拒絕難以拒絕的事情。

可是在海外，「讓我考慮一下」＝「consider」，是用來表達「我會認真考慮過再回答」這樣的正向意義。因此，若一開始就打算拒絕卻說了「consider」，結果最後還是拒絕的話，可是會讓外國人大吃一驚呢。在國際社會上，毫無可能性的時候就該明確拒絕，這可算是常識。

在這類情況之下，非英語母語者通常會用「**I can't accept your proposal.**」（我無法接受你的提案）、「**I must decline your proposal.**」（我必須拒絕你的提案）等明確拒絕的說法來回應。

<table>
<tr>
<td rowspan="5">讓我們學習更多其他的講法！</td>
<td>◆ Let me think over your proposal before making a decision.<br>在做決定前，請讓我好好考慮一下你的提議。</td>
</tr>
<tr>
<td>◆ I will think carefully about your proposal with my manager.<br>我會與我的主管仔細考慮一下你的提議。</td>
</tr>
<tr>
<td>◆ I'd like to think this through before making a decision.<br>在做決定前，我想先徹底考慮一下。</td>
</tr>
<tr>
<td>◆ I am contemplating a job change.<br>我正在考慮換工作。</td>
</tr>
<tr>
<td>◆ I deliberated for two hours before reaching a decision.<br>在做出決定前，我認真考慮了兩小時。</td>
</tr>
</table>

# 讓周遭另眼相待的
# 自我介紹法

在國際化的社會，有來自各個國家、充滿
特色的人聚在一起。而在這樣的職場中，
你隨時都有可能被解雇。因此為了生存，
你必須積極主動地宣傳自己。

# 表達自己抱持「使命感」工作

## I'm fulfilling my personal mission.

我正在實現我的個人使命。

A: I'm fulfilling my personal mission.
I dream to become a bridge between Asia and my country.

我正在實現我的個人使命。
我夢想成為亞洲與我國之間的橋梁。

B: That's interesting.

那很有意思。

A: I'm keen to make an impact as a regional manager, through collaborations with Asian people.

我渴望以地區經理的身分，透過與亞洲人的合作，產生影響力。

B: What's exciting about working at multinational companies?

在跨國公司工作，有什麼讓人興奮的地方嗎？

A: The best part of working at multinational companies is that we can share various sets of values.

在跨國公司工作最棒的地方，是我們可以分享各種不同的價值觀。

## ✓ 以「fulfill one's mission」 表達抱持著使命感努力工作的態度

非母語者的英語能力雖然不夠好，但還是努力地訴說目標與夢想，以鼓舞團隊及同事，讓周遭的人們產生參與感。而在這種時候，非母語者最常用的就是「fulfill」這個字了。

「Fulfill」代表「履行／實現」之意，是能夠融入「完成或履行願望、義務、職責」這種強烈意志的詞語。此外，片語「**fulfill one's mission**」也可用於表達「**伴隨著使命努力工作**」的感覺。

和語言、國籍、宗教、文化、價值觀都不同的外國人一起工作時，展現「**抱著使命感努力工作的態度**」非常重要。工作和個人的志向、夢想等，不只是單純「在做、在進行」就好，**更要藉由訴說自己正在履行被賦予的職責、正在實現自己所能完成的使命等方式，來傳達每個人各自的想法。**

在我正經歷「1 年 2 個月零業績」的那段日子裡，有一天，我深切地感受到了孫正義先生（註：電信與媒體業控股公司「Soft Bank」創辦人兼社長）常說的「夢想要大」、「志向要高」。於是隔天，伴隨著「**I'm fulfilling my personal mission.**」（我正在實現我的個人使命）的說法，我開始向周遭的人宣告自己想活躍於海外，並成為日本與亞洲間橋梁的這個「志向」。結果，或許是這宣言讓周圍的人覺得「這人很努力，讓我們來幫幫他吧」的緣故，我開始得到許多人的協助，終於首度達成銷售目標。

## ✓ 把周遭的人們拉在一起的「志向」能夠打動人心

活躍於國際社會的非英語母語者經常會發送訊息，向周遭的人們傳達自己的意見。他們藉由積極傳播資訊並培養「信任」與「尊敬」，來增加可共享夢想及想法的夥伴，並建立有意外狀況發生時願意互相幫忙的關係。

一般來說，自己的工作就夠忙了，沒有人會出手幫別人工作。在

有許多國籍、宗教、文化都不同的外國人一起工作的國際社會中，若無特別原因，在工作上人們根本不會去幫助周遭的人。

然而，自己一個人所能做的工作有限。因此，必須活用「I'm fulfilling my personal mission.」這種可使人感覺大義凜然的句子，昭告並分享自己的夢想與志向，經常讓身邊的人產生參與感才行。

- I believe everyone has a mission to fulfill.
  我相信每個人都有使命要實現。

- We are fulfilling the company's mission.
  我們正在實現公司的使命。

- I am fulfilling my dream to make my company into the company that everyone knows in 10 years.
  我正在實現「要讓我的公司在 10 年內變得無人不知無人不曉」的夢想。

- We can fulfill our dream to work outside of Japan.
  我們可以實現在日本以外的地方工作的夢想。

- No matter what little dream we have, if we can make it happen, our life would be happier.
  不論我們的夢想有多小，只要能夠實現，我們的生活就會更快樂。

# 強調最想傳達的部分
# 以引起關注

## I focus on standardization of processes.

我專注於流程的標準化。

**A:** I focus on standardization of processes.

我專注於流程的標準化。

**B:** Can you tell me the reason?

你能告訴我理由嗎？

**A:** It's because the Asian market is diverse.
Standardization will help improve efficiency and productivity from a regional perspective.

這是因為亞洲市場充滿多樣性。從整個地區的角度來看，標準化有助於改善效率與生產力。

**B:** That's true. I think it's worth a cost and effort.
Is everything going well?

確實如此。我認為這很值得付出成本與努力。
一切都進行得順利嗎？

**A:** Fortunately, everything is going well as planned.

很幸運地，一切都如計劃順利進行。

## ✓ 使用「focus」便可明確指出著力點

在商務上，為了能以最快的速度搞定工作，大家都會想避免反覆重做等浪費。可是一旦英語溝通沒能做好，認知差距便會導致作業錯誤，有時便可能浪費時間。因此，比英語母語者更容易出

現認知差距的非母語者，就必須格外仔細地進行確認，以避免作業誤差的發生。像這種時候，非母語者就會使用「**I focus on standardization of processes.**」（我專注於流程的標準化）這樣的句型。

「focus」是指將焦點放在單一事物上、專注於單一事項的意思。**藉由使用「focus」來表達自己試圖把力氣集中在哪個領域的哪個作業上，便可以確認彼此的認知是否有差距。**

此外，不同於「just do ～」（只做～），「focus」不會給人除「～」之外都不處理的草率印象。

自行主動用「focus」來確認「我打算把作業重點放在○○」，當這與主管或客戶想要的不一樣時，他們便會產生「欸？不是這樣耶……」的反應，而能及早發現差異點，如此便能在開始作業前先行修正，以免做白工。

## ✓ 也可有效傳達應改善的重點

另外，「focus」也可用於對團隊成員或部屬的回饋、建議。像是「**You need to focus on your task.**」（你需要專注在你的任務）等，**能若無其事地點出你希望對方注意的重點。**

在全球化的社會，團隊成員間適當的意見回饋對提升團隊力量非常重要。不只是主管給部屬意見，做為一種 360 度回饋式的績效評鑑，部屬也要提供回饋意見給主管。藉由彼此回饋的方式，大家朝著互相激發才能及創造力、互相敦促成長的方向前進。**而使用「focus」這個字，就能提出明確的回饋意見。**

請務必好好運用「focus」來強調你最想傳達的部分，以確認彼此的認知是否有差距。

* I will focus on the most difficult tasks.
  我將專注於最困難的任務。

* I will focus on the success of my team members.
  我將專注於本團隊成員的成功。

* I will focus on work that brings the most value.
  我將專注於能帶來最大價值的工作。

* I will focus on developing communication skills this year.
  今年，我將專注於培養溝通技巧。

* I will focus on studying English to pass the in-company overseas-study scholarship.
  我將專注於學習英語，以通過公司內部的海外留學獎學金制度。

# 展現經過努力
# 終將成功克服的形象

## I'm facing a big challenge.

我正面臨一個大挑戰。

A: I'm facing a big challenge.

我正面臨一個大挑戰。

B: Is it the issue you mentioned last month?

是你上個月提到的問題嗎？

A: No, that was already resolved. This is a new challenge.

不是，那個已經解決了。這是個新的挑戰。

B: What is it?

是什麼問題呢？

A: We are losing sight of the original goal.
Rather than standardizing processes, we are only implementing a new IT system in Asia.

我們偏離了原始目標。我們只是在亞洲實施新的 IT 系統，而不是將流程標準化。

## ✓ 「problem」令人退避三舍，遇到問題的時候要用「challenge」

商務英語以「任何時候都要積極正向」為基本原則，因此即使遭逢逆境，也必須展現努力解決的積極態度。在逆境中，非英語母語者會用的單字就是「challenge」。

一般人很容易覺得「challenge」就是「挑戰某事物」的意思，但其實這種「挑戰」翻成英語應該用「try」較為妥當。「challenge」除了有「挑戰輸贏」的意思外，也有「提出異議、反對」的意思。例如，「He challenged the decision of the court.」（他對法院的裁決提出異議）這樣的句子，就不符合我們一般所謂的「挑戰～」之意。

當然，也有很多情況可用「challenge」來表示「挑戰」之意，但語氣還是有些許不同。我們一般說的「挑戰」是「總之試試看」的意思，重點不在於能否實現。因此，若是想表達這樣的挑戰之意，就應如前述使用「try」。

**英文的「challenge」是指「只要努力就能克服的問題」**，無法實現的目標並不包含在內。正因為具有這樣的意義，所以每當非英語母語者遇到困難時，便會使用「challenge」這個字，以**「I'm facing a big challenge.」**（我正面臨一個大挑戰）或是**「I like facing challenges.」**（我喜歡面對挑戰）等句子，來打造**「藉由勇敢挑戰並努力克服，達成自我成長並創造新成果」**的積極形象。

## ✓ 千萬別說「I have a big problem.」

另外補充一下，也有人會用「problem」來表達「課題」或「大問題」之意，但實際上，「problem」代表的是「難以解決的嚴重問題」，英語母語者鮮少使用。

一旦說出「I have a big problem.」（我有個大問題）這種話，聽到的人便會覺得你遇上了很大的麻煩，而給對方非常負面的印象。

要是一直使用這個字，甚至會招來嫌惡的表情。這個字就是如此地令英語母語者們退避三舍。

| | | |
|---|---|---|
| ○ | challenge | 可藉由努力克服而獲得新機會。會給人「挑戰並克服此課題，達成自我成長並創造新成果」的積極印象 |
| ✕ | problem | 難以解決的嚴重問題。負面性質強烈，在商務上通常不該使用這種表達方式 |

在英語世界中，表現得積極正向是非英語母語者的座右銘。因此，除了真的很嚴重的大問題外，都不要使用負面性質太強的「problem」。在商務上，挑戰及問題的發生可謂家常便飯。請務必像非英語母語者們那樣刻意使用「challenge」一詞，如此也能激發自己努力奮起、迎向挑戰的熱情，進而積極解決每天發生的各種問題。

讓我們學習更多其他的講法！

◆ The first challenge is to identify the issue.
第一個挑戰就是找出問題所在。

◆ Global warming is a challenge for all of humanity.
全球暖化是所有人類的挑戰。

◆ What has been the biggest challenge in your career?
在你的職業生涯中，最大的挑戰是什麼？

◆ After managing my studying at a business school, I believed I could manage any challenge.
在完成商學院的學業後，我相信我能應付任何挑戰。

◆ My job in the company is very challenging.
我在公司的工作非常具有挑戰性（雖然困難但是能夠克服的挑戰）。

# 如何提出問題或議題

## I'd like to raise an issue.

我想提出一個問題（含有「大家一起來思考」之意）。

**A:** I'd like to raise an issue.

我想提出一個問題。

**B:** Sure. Go ahead.

當然。請說。

**A:** Regarding the cloud migration project, we have been getting behind schedule.

關於雲端遷移的專案，我們的進度已經落後。

**B:** Do you have any solutions?

你有任何解決方案嗎？

**A:** We realize we are taking much more time than we expected. I wonder if we could increase resources.

我們發現花費的時間比預期要多很多。
我想知道我們能否增加資源。

## ✓ 商務上的「問題」是以「issue」來表達。要試著及早解決問題

我以前就曾見過因習慣性地把「問題」說成「problem」，而引發一些麻煩的狀況。某次，在有美國人參加的會議中，有一位非英語母語的同事用了「problem」這個字，結果竟被特意糾正說：「那是『issue』，不是『problem』。」「problem」就是這麼一個讓英語母語者嫌惡的單字。

我們平日常用的「議題、問題」若要說成英語，應該翻成「issue」較為妥當，而不是「problem」。

「issue」具有「放出」、「發行」等各種意思，是個「出來」的意象很強烈的單字。由於「issue」也有從「出來」之意衍生而成的「發行物」及「問題」等意思，因此，含有「工作上該解決的問題」之意，很適合用來表示平日發生的各種「議題、問題」。**「issue」在工作上，主要可理解為「應要一起解決的課題」**。除了可強調急迫性外，也能傳達想要積極解決的態度。所以非英語母語者要確認問題的時候，都會使用「issue」。

| | | |
|---|---|---|
| ○ | issue | 主要代表「應要一起解決的課題」。很適合用來表示平日發生的各種「議題、問題」 |
| ✕ | problem | 難以解決的嚴重問題。負面性質強烈，在商務上通常不該使用這種表達方式 |

在商務上，頻繁地相互確認問題，以便及早採取必要行動是很重要的。因此非英語母語者會用「**I'd like to raise an issue.**」（我想提出一個問題＝希望大家能一起思考這個問題）這種句子，積極地提出議題或問題，以解決「issue」（問題）。另外，「**I need to resolve the issue.**」（我需要解決這個問題）或「**We need to talk about the issue.**」（我們需要談談這個問題）等說法也都相當常用。

而在討論問題時，還可利用「The issue is～」的句型來表達某個問題的關鍵點是什麼。例如，用「**The issue is that we don't have the resources for a project of this scale.**」（問題在於，我們沒有資源能應付這種規模的專案）這樣的說法，就能指出到底什麼是真正的「issue」。

在全球化的社會中，「problem」被認知爲「難以解決的嚴重問題」。因此，除非眞的是很嚴重的大問題，否則都請使用「issue」就好。

- The rapid rise of industrialization caused some environmental issues.
  工業化的迅速崛起引發了一些環境問題。

- The issue is that we don't have the resources for a project of this scale.
  問題在於，我們沒有資源能應付這種規模的專案。

- We have an issue with conflicting release dates, so we may have to change our production schedule.
  我們有個上市日期衝突的問題，所以可能必須更改生產時間表。

- There's an issue with this printer. I'd like to return it.
  這個印表機有問題。我想退貨。

- A staff shortage was a serious issue for the store, so we started recruiting.
  人手不足是這家店的一個嚴重問題，所以我們開始招募人員。

- If you have an issue with your new device, you should contact customer support immediately.
  若你的新裝置出現問題，那你應該立刻與客服聯繫。

# 勤於報告最新資訊，
# 以贏得信賴

## I'll keep you updated.

**我會隨時報告最新狀況。**

| | |
|---|---|
| **A:** I've finally made significant progress. | 我終於取得了重大進展。 |
| **B:** Great job! | 幹得好！ |
| **A:** I'm committed to keeping up my good work. | 我正努力維持這個好成績。 |
| **B:** You'll do great! | 你一定會做得很好！ |
| **A:** Thanks. I'll keep you updated. | 謝謝。我會隨時報告最新狀況。 |

## ✓ 藉由「update」一詞的運用，
## 來創造及時溝通的形象

用英語報告時，有個單字尤其適合用於任務、專案或緊急案件等的進度報告，這個字就是「update」。「update」具有「更新至最新狀態」的意思。

向主管或客戶報告的目的之一，是為了「讓對方瞭解詳情，以使其參與其中」。

感覺快失敗的時候，「將可能失敗的狀況分享給對方，再一起思考並決定可採取哪些措施」的做法，和「失敗以後再報告給對方知道」的做法，所引發的主管憤怒程度應該大不相同。**因此為了以防萬一，勤於更新資訊非常重要。**

而且在商務上，資訊就是一切。有句諺語說：「Take the lead, and you will win.」（先發制人），只要收集資訊就能占得先機。

於是，懂得這個道理的非英語母語者在向主管或客戶報告進度時，都會刻意運用「update」這個字，以**「I'll keep you updated.」**（我會隨時報告最新狀況）這類說法，讓對方產生總是被提供了「最新資訊」的印象。

## ✓ 「report」只能給人單純報告的印象

報告時也可用「report」、「inform」、「announce」等單字，但非英語母語者都會策略性地充分發揮「update」的效果。

| | |
|---|---|
| ○ update | 能給人「總是提供最新資訊」的印象。可強調及時傳達新資訊的感覺 |
| ✕ report、inform、announce | 只能給人單純報告資訊的感覺，無法創造「總是分享最新資訊」的積極形象 |

以英語報告時，請利用「I'll keep you updated.」這句話來給人「迅速傳達最新資訊」的印象。

這就和我們平常說的「更新電腦」是同樣的意思。使用「update」向外國人報告，便能讓對方產生安全感，覺得最新資訊將會確實更新。

例如，當現在無法立刻取得最新資訊、要明天才能提供時，便可以使用「update」的名詞形式，以 **「Can I give you my update tomorrow?」**（我可以明天再給您更新資訊嗎？）的說法，來傳達即使在有延遲的狀況下，仍會盡快提供資訊的形象。

在海外，速度與資訊透明度備受重視，而給人親切有禮又坦率真誠的印象也很重要。請務必妥善運用「update」，不論好消息還是壞消息都要及時報告才好。

讓我們學習更多其他的講法！

- I will keep you informed of any updates.
  有任何新消息我會隨時讓您知道。

- I will inform you of any updates.
  有任何新消息我會隨時通知您。

- I will update you if there are any changes.
  若有任何更動，我會隨時報告最新狀況。

- I will let you know as soon as I hear anything.
  我一聽到任何消息，就會馬上讓您知道。

- I will contact you once I get any updates.
  我一收到任何最新資訊，就會馬上聯絡您。

# 策略性地展現
# 自己在取得成果上的努力

## I managed to complete the project!

我設法完成了此專案！

A: I managed to complete the project!

我設法完成了此專案！

B: I heard it was a pretty tough project.
How could you manage it?

我聽說那是個相當棘手的案子。
你是怎麼辦到的？

A: We all worked together and managed to complete all tasks as one team.

我們大家共同努力，以團隊之姿，設法完成了所有的任務。

B: Congratulations! I knew you could do it!

恭喜！我就知道你們能做得到！

A: Thanks for your kind words!

謝謝你的鼓勵！

## ✓ 用「complete」不如用「manage」，要好好強調自己在取得成果上的努力

克服各種困難而成功執行業務後，在報告業績時，非英語母語者會用的是「manage」這個字。「manage」含有「想方設法徹底搞定（困難的狀況等）」之意。非英語母語者會以**I managed to complete the task.**（我設法完成了任務）等說法，在報告的同時也強調自己的「努力」。

不是用「completed」或「finished to complete」來單純地表達任務「完成了」，而是以「manage」進一步傳達**爲了克服困難而不斷努力，好不容易才終於得以完成**的含意，藉此強調自己盡心竭力。

| | | |
|---|---|---|
| ◯ | manage | 可強調自己「克服困難後才終於達成」的幹勁，以及為了成功而做的努力 |
| ✕ | complete | 只單純表達任務達成或完成 |

據說，一個人在工作上的評價「與其說是取決於工作能否做得好，不如說是取決於能否讓自己看起來像是工作做得好」。此外，藉由創造「超出對方的期待」這種感覺，也能建立良好的互信關係。

## ✓ 「manage」是個神奇的單字，甚至可能因此獲得超出實力的高度評價

運用「manage」巧妙展現自己對工作的努力，甚至有可能獲得超過自身實力的高度評價。另外，在報告「還沒能完全搞定」的工作時，藉由使用「manage」，就能妥善傳達自己的艱難處境。

例如，還沒能和客戶公司的老闆講到話時，別說「I haven't been able to speak to the customer's CEO yet.」（我還沒能與客戶的首席執行長講到話），要說**I haven't managed to speak to the customer's CEO yet.**（我還沒設法與客戶的首席執行長講到話）。這樣就能同時傳達「老闆很忙，時間一直喬不攏」、「有外部因素導致遲遲無法見面」等意思，亦即可暗示「錯不在我」。

在工作上，一次的失敗便可能讓你失去對方的信賴。因此，**非英語母語者都會利用「manage」這個字，來策略性地展現自己全力以赴的感覺，或在取得成果上的努力**。請各位在傳達成果時，也務必將自己的努力一併表達出來。

讓我們學習更多其他的講法！

- I was somehow able to complete the project!
  我終於設法完成了專案！

- I completed the project by all possible means!
  我用盡所有可能的辦法，終於完成了專案！

- With much effort, I completed the project successfully!
  經過多方努力，我成功完成了專案！

- I brought the project to successful completion!
  我帶領專案圓滿完成了！

- I completed the project on time!
  我準時完成了專案！

# 表達已充分利用機會之意

## Everyone made the most of every opportunity.

每個人都充分利用了每個機會。

A: **The success of this project didn't just come down to me, it came down to the whole team.**

此專案的成功不只是歸功於我，而是要歸功於整個團隊。

B: **Could you explain that in more detail?**

你可以再解釋得詳細一些嗎？

A: Everyone made the most of every opportunity. **So, we could manage the success of the project as one team.**

每個人都充分利用了每個機會。因此，我們才能夠以團隊之姿設法達成專案的成功。

B: **I'm so impressed with your team's success!**

你們團隊的成功真是令我印象深刻！

A: **Yes. I'm so happy to be part of the team.**

是的。我很開心自己是團隊中的一員。

## ✓ 利用片語「make the most of ～」，便能鼓舞同事及部屬，還有自己

「make the most of ～」（充分利用～）是非英語母語者們的經典常用片語，用來表達「充分利用自己所獲得的機會與事物」之意。

例如，我的部門每年都要去位於美國西雅圖的總部出差 1、2 次。那是個絕佳機會，能夠與平常只透過網路會議交談、來自世界各地的同事，以及總部的管理高層們直接交流。對於能獲得如此寶貴機會的同事，我都會用「**I hope you make the most of your business trip.**」（我希望你能充分利用你的出差行程）這句話，在傳達希望對方充分利用出差機會的同時，也為對方加油打氣。

此外，在職場上，也可用「**We need to make the most of every opportunity.**」（我們需要充分利用每個機會）這類句子來鼓舞同事與部屬。而當團隊做出成果時，則可用「**Everyone made the most of every opportunity.**」（每個人都充分利用了每個機會）的說法，來全面強調整個團隊的努力。

## ✓ 「make the best of〜」和「make the most of〜」的差異

順道補充一下，有個很類似的片語叫「make the best of〜」，字典裡也是將之解釋為「充分利用〜」，但其實兩者在英語的語氣上略有不同。「make the most of〜」就如前述，是「充分利用所獲得的機會與事物」，而「make the best of〜」則是用於「在不利的條件下充分利用」的情況。

換言之，「make the best of〜」是指即使是在「不好的狀況下」，仍盡力做到最好之意。相對於此，「make the most of〜」並不特別指「在不好的環境下」，而只是表示試圖充分利用所獲得的機會與事物罷了。如此一比便會發現，「make the best of〜」含有更「強調努力」的感覺。

雖然「充分利用～」的說法，在其他語言環境中可能不那麼常用，但在以積極正向為原則的全球化社會中，的確會刻意用「make the most of ～」來表達「充分利用」之意。

在對自己的團隊發言時，我也經常採用「**Let's make the most of it.**」（讓我們充分利用此機會＝盡全力加油）的積極說法。

請多運用「make the most of ～」，成為職場上的「啦啦隊長」，積極地激勵周遭的人們，讓大家都更有參與感。

讓我們學習更多其他的講法！

◆ Thank you for getting me a wonderful team. I'll make the most of it.
謝謝你給了我一個很棒的團隊。我會充分利用。

◆ I want to make the most of my opportunity while working on this project.
在進行此專案時，我想充分利用我的機會。

◆ There's nothing we can do. We just have to make the most of it.
沒什麼是我們能做的。只需要充分利用它就好。

◆ We have to make the most of the strengths we have in order to succeed in our career.
為了在職業生涯中成功，我們必須充分利用我們所擁有的優勢。

◆ It's my first business trip abroad. So I'd like to make the most of it.
這是我第一次的海外出差，所以我要充分利用這次機會。

# 堂堂正正地說出自己想說的

## Let's take a look at this issue from a different perspective.

讓我們從不同的觀點來看這個問題。

---

A: **Our services deliver innovative and flexible solutions, however our price is competitive enough.**

我們的服務提供創新且具彈性的解決方案,而價格又具足夠的競爭力。

B: **Unfortunately, the price is higher than we expected. We may need to drop this project.**

不幸的是,這價格高於我們的預期。我們可能必須放棄此專案。

A: Let's take a look at this issue from a different perspective. **We can position the project as an investment.**

讓我們從不同的觀點來看這個問題,我們可以將此專案定位為一種投資。

B: **I see. In that case, we might be able to move forward with it.**

我懂了。這樣的話,或許就可以繼續進行了。

A: **Great. I really look forward to working with you soon.**

太好了。我真的很期待能盡快與您合作。

---

## ✓ 用「perspective」說服反對意見,使業務順利進行

在提出自己的見解時,若是直接述說,聽起來往往沒什麼分量,會讓人覺得「不過是個人想法」。這時,**運用「perspective」**這

個字，就能將你的意見包裝成不只是個人意見，而是經多方考量許多人的認知及各國文化、商業習慣等因素後，所形成的意見。

「perspective」這個單字具有「對事物的見解、看法」之意。一旦使用「perspective」，便能給人「**不只是自己一個人的意見，而是有考量到周遭許多人的利益**」這種印象。

當非英語母語者想要堂堂正正地來表達自身意見時，也會運用「perspective」這個字，以「**From my perspective, we are not ready to do it.**」（從我的角度看來，我們還沒準備好做這件事）或「**From the perspective of Japanese business practices, I think that product would be appreciated by customers.**」（從日本的商業習慣看來，我認為該產品會受到顧客的讚賞）等句子來述說。如此就能傳達有考慮到其他許多人的利益，而不只有自己一個人的感覺。

## ✓ 「Perspective」可以順利引出多種不同角度的意見

除此之外，採取「**Let's take a look at this issue from a different perspective.**」（讓我們從不同的觀點來看這個問題）或「**From the perspective of Chinese business practices, what do you think about this?**」（從中國的商業習慣看來，您對此有何想法？）等說法，還能順利引出與自己不同專業領域、負責不同領域者的多種不同角度的意見。

單純直接說出自己想說的，必定會引發反對意見。但只要「堂堂正正」地以「從日本的市場看來，我認為應該要繼續進行」這種說法來傳達自己想說的，對方便會覺得「似乎也是有道理」。

在通常都可毫無顧忌地互相討論自身意見的全球化社會裡，在討論的時候，你必須清楚劃分自己與對方的意見才行。非母語者由於在英語能力上有障礙，因此必須盡可能排除情緒，勇於表達意見並互相衝撞、討論。亦即最好以「**From your perspective**」（從你的角度看來）或「**From my perspective**」（從我的角度看來）等起頭後，再說出與對方不同的意見。

若是想讓業務順利進行，就要避免太過尖銳。請從各種觀點汲取意見，以傳達自己想說的。

**讓我們學習更多其他的講法！**

◆ Let's take a look at this issue from a different standpoint.
讓我們從不同的立場來看這個問題。

◆ Let's take a look at this with a different set of eyes.
讓我們以不同的眼光來看這個問題。

◆ Let's take a look at this plan from a different point of view.
讓我們從不同的視角來看這個問題。

◆ I always like to look at our product range from the customers' perspective.
我一向喜歡從顧客的觀點來看我們的產品範圍。

◆ From my perspective, I have no issue with your proposed approach.
從我的角度看來，我對你提議的方法並無疑義。

# 掌握從零開始的突破契機

## Let's think outside the box.

讓我們跳出框框思考。

A: How's your preparation for the proposal for next week going?

你下週的提案準備得如何了？

B: I'm really struggling. Even after careful consideration, I haven't got my thoughts together yet.

我真的快想破頭了。即使經過深思熟慮，我依舊還沒能理出個頭緒來。

A: Let's think outside the box. What are key elements for helping customers improve sales productivity anyway?

讓我們跳出框框思考。能幫助客戶改善銷售產能的關鍵要素到底是什麼？

B: First, it's important to increase the number of contacts signed. Second, the size of opportunities. Third, the number of leads... Oh, I got it!

首先，增加已簽訂的合約數很重要。其次是機會的大小。然後是潛在客戶的數量⋯⋯喔，我知道了！

A: Glad to hear it. Good luck!

很高興聽到你這麼說。祝你好運囉！

## ✓ 用「think outside the box」來突破毫無交集的討論

在開會或討論企劃案的時候，一旦拘泥於前例或既有框架，便無法產生新的想法。這種時候，就可使用本例的常用句「**Let's think outside the box.**」（讓我們跳出框框思考）。亦即以「跳出框框

思考」的說法建議大家提出點子，藉此突破會議的僵局。

「think outside the box」直譯就是「在盒子外思考」。一般都是要把意識集中於盒子裡的內容，但在這種情況下，則是刻意地嘗試將眼光朝向「盒子外」，**也就是不被既有的框架所束縛、不拘泥於傳統、要靈活思考的意思**。帶有「捨棄固定觀念，自由地從零思考」的意味。

以「Let's think outside the box.」來激起反應後，接著便可用「**What's our end goal anyway?**」（我們的最終目標到底是什麼？）來觸碰到「探討最終目標（目的）為何」的所謂「基礎論」。因為這樣才能不被前例或既有的框架束縛，而得以釐清原始目的。

## ✓ 也可用來鼓勵在工作上遭遇瓶頸的人

此外，跨國企業的高級主管們在以言語激勵員工時，也經常採取「**We need to think outside the box when we try something new.**」（在嘗試新事物時，我們需要跳出框框來思考）或「**We only found a solution when we started thinking outside the box.**」（唯有在開始跳出框框思考時，我們才能找到解決方案）之類的說法。大家都會有點耍酷地使用「think outside the box」這個片語。

而這個有點酷的「think outside the box」，也能應用在和工作遭遇瓶頸的同事或部屬說話時。像是「**You need to think outside the box when you try something new.**」（在嘗試新的事物時，你需要跳出框框來思考）、「**You won't come up with any good**

**ideas unless you think outside the box.**」（除非跳出框框思考，否則你不會想到任何好點子）等如名言般的句子，都能成爲建議。

在商務上，請多多利用「藉由跳出框框思考來激發新創意」這類大家都只能同意、聽起來好像很聰明的說法，來鼓舞周遭的人。

♦ Let's think about it from the start.
讓我們從頭開始思考。

♦ Let's think about it from scratch.
讓我們從零開始思考。

♦ Let's try a new approach.
讓我們嘗試一個新方法。

♦ We shouldn't get caught up in old ways of thinking.
我們不該被舊的思維模式困住。

♦ Let's think outside the box and try to find a better way.
讓我們跳出框框思考，並試著找出更好的辦法。

# 在不引起對方不悅
# 的前提下
# 確實傳達己意

讓你可以不必哭著入睡的
**40** 個關鍵常用句

# CHAPTER 4

## 重點整理

# 沒聽懂的時候
# 該怎麼辦

不必因為沒聽懂英語而自責，把問題歸咎於
對方的說話方式也是個辦法。此外，還可運
用一些推託搪塞的說法來爭取思考時間。

# 聽不懂英語時，就說是因為「大家都講得好快」

## May I ask all of you to speak slowly and clearly?

我可以請各位都慢慢地、清楚地說嗎？

| | |
|---|---|
| **A:** Well, since everyone is here, let's start the meeting. | 好了，既然大家都到齊了，讓我們開始開會吧。 |
| **B:** We are here today to talk about our new product. | 我們今天在此是要討論我們的新產品。 |
| **A:** May I ask all of you to speak slowly and clearly? | 我可以請各位都慢慢地、清楚地說嗎？ |
| **B:** Let me repeat that. We'll launch the product in the holiday season. We'd like to discuss the details today. | 讓我重複一遍。我們將於歲末假期推出新產品，而今天要討論相關的細節。 |
| **A:** I understand. Thanks. | 我懂了。謝謝。 |

## ✓ 太快又簡短的言語本來就沒人聽得懂，只要請對方慢慢地說清楚即可

一旦沒聽懂英語，我想很多人就可能會沮喪地覺得「自己果然不會英語」。但非英語母語者的我們，沒能完全聽懂英語可說是理所當然。所有非英語母語者都一樣，總是煩惱著「不管經過多久，

自己永遠都無法完全聽懂每一句英語」。而每次都要開口承認自己「聽不懂英語」也實在很丟人。

於是這種時候，有些非英語母語者便會故意說是「**大家的說話速度太快**」，而不說是自己「**聽不懂**」。和沒聽懂自己的母語時一樣，只要請對方以清晰易懂的方式講英語就行了。

## ✓ 絕不說自己「不會英語、聽不懂英語」

雖說依公司或每個人的立場不同，或許做法會有所不同，但基本上，若要在商務上使用英語，就不該自以為謙虛地輕易說出「我不會英語」、「我聽不懂英語」之類的話。在海外，說英語的人有八成都是非母語者，但他們各個都能用英語確實做好工作。不會英語這點，在對話開始的瞬間對方就會知道，你特地說出來，也只是讓對方倍感困擾而已。

實際上，中國人、韓國人及印度人等非英語母語者，即使對自己的英語能力沒什麼自信，也都是使用自己知道的單字去溝通，而聽不懂的時候就多問幾次。日本人往往會覺得「自己不可以妨礙會議的進行」，但除日本人以外的非英語母語者們，根本沒人會這麼想。

更重要的是，外國人對於「明明不懂卻不開口問」的態度，可是打從心底厭惡。因此，和外國人一起工作時，請仿效全球非英語母語者們的厚臉皮態度，在會議開始後就速速說出「**May I ask all of you to speak slowly and clearly?**」（我可以請各位都慢慢地、清楚地說嗎？）這句。亦即你應該要讓對方把講話的速度，降到你能夠聽懂的程度為止。

請擺出一副「窸窸窣窣地講那麼快，根本沒人聽得懂」的態度，在感謝厚顏無恥的全球非英語母語者前輩們的同時，也逐一挽救你在會議中聽不懂的英語吧。

讓我們學習更多其他的講法！

- Could you speak more slowly and clearly?
  您可以說得更慢、更清楚嗎？

- Could you speak a bit more slowly and clearly?
  可以請您說得更慢、更清楚點嗎？

- Could you all speak a little more slowly and clearly?
  可以請各位都說得更慢、更清楚一些嗎？

- I'd like for all of you to speak a bit more slowly and clearly.
  我希望各位都能夠說得更慢、更清楚點。

- I'd appreciate it if everybody would speak slowly and clearly.
  若每個人都能說得更慢、更清楚，我會很感謝。

# 假裝只是沒聽懂部分內容
# 所以再問一次

## Would you say that again, please?

**能否請您把剛剛講的再說一次？**

A: **What happened with the collection issue with ABC Company?**

ABC 公司的收款問題怎麼了？

B: **They are again late with their payment. This is the third time they failed to pay on time.**

他們又延遲付款了。這是他們第三次沒能準時付款。

A: Would you say that again, please?

能否請您把剛剛講的再說一次？

B: **They are again late with their payment. This is the third time. We need to be prepared for the worst.**

他們的付款又延遲了。這是第三次了。我們需要為最糟的情況做好準備。

A: **I got it. Thanks.**

我知道了。謝謝。

## ✓ 就算不是全部都聽懂，也只要確認已知的部分即可

英語講著講著就焦躁起來，多半都發生在聽不懂對方說的英語時。聽不懂的部分可能有很多，因為對方講話的速度太快、用的單字太難等。像這種時候，只要有一小部分沒聽懂，非英語母語者便會馬上反問。

若只是漏聽了一小部分，那麼用「**Sorry?**」即可。但若是希望對方把稍微長一點的話再重說一次，則要用「**Would you say that again, please?**」（能否請您把剛剛講的再說一次？）這句。

其他請對方重講一次的說法還有「Excuse me?」及「Pardon?」等，不過這些都屬於「當對方聲音太小聽不清楚時」，用來請對方重複一遍的講法。如果錯不在對方還一再使用這類講法，很可能會引起對方不悅，因此，非英語母語者並不使用。

## ✓ 「Once more, please.」有命令的味道，所以要避免使用

此外也有「Once more, please.」的講法，但這樣的「再說一次」有種命令感，一旦在商務場合使用，往往會給人粗魯沒禮貌的印象。

| | | |
|---|---|---|
| ◯ | Would you say that again, please? | 可用於希望對方把稍微長一點的話再重說一次的時候 |
| ◯ | Sorry? | 可用於稍微漏聽的時候 |
| ✗ | Excuse me? Pardon? | 當對方聲音太小聽不清楚時，用來請對方重複一遍的講法。適用於聽不清楚的原因出在對方身上的情況 |
| ✗ | Once more, please. | 感覺像在命令對方「再說一次」，會給人粗魯無禮的印象 |

因此，非英語母語者都用「Would you say ～, please?」的句型，很有禮貌地請對方再說一次。

雖然省略句尾的「, please」也不會有問題，但加上去還是比較有禮貌。這對上司、長輩等地位較高者亦可使用。聽到這句話，相信對方有很高的機率都會樂意配合。

不過，這麼有禮貌的說法若是用於很親近的好友，就會顯得有些見外。因此對於好友，可使用剛剛介紹過的「Sorry?」或表示「可以再說一次嗎？」之意的「**Say again?**」。

善於聆聽就是擅長說話，交談若要圓滿，除了表達自己想說的，同時也必須正確理解對方所說的話。當對方說話速度太快，或是你無法理解對方所說的內容時，請務必勇敢確認。明明沒聽懂卻「嗯嗯」地敷衍，這也是一種沒禮貌的行為。

**最重要的，其實是努力理解對方所說內容的那個態度。**請試著把「Would you say that again, please?」做為請對方重講一次的常用句之一來運用。沒聽懂時，務必依據對方身分及當下的商務情境，適當運用正確的「再一次」說法。

**讓我們學習更多其他的講法！**

- Could you say that again?
  可以請您再說一次嗎？

- Could you kindly repeat that again?
  能否請您好心地再重複一遍？

- Could you say that one more time?
  能否請您再說一遍呢？

- Would you mind repeating that?
  您是否介意再重複一遍呢？

- Could you repeat what you just said?
  能否請您再重複一次您剛剛說的？

# 暗示是對方的說明方式不佳，以便請他再說一次

## I'm confused.

我一頭霧水。

(After presentation)

A: **Hmm, I'm confused...**

B: **Let me clarify my point. I'd like to propose to work together to develop a new type of global management training program.**

A: **Sounds interesting. Could you please take me through the steps on how to develop that?**

B: **Certainly.**

（簡報後）

嗯……我一頭霧水。

讓我闡明我的論點。
我想提議我們一起合作開發一種新型的全球管理培訓計劃。

聽起來很有意思。能否請您帶領我逐步瞭解開發的步驟呢？

當然。

## ✓ 「問了恥一時，不問恥終身」。不懂就要開口問

即使能夠在聽不懂英語時，以「Sorry?」、「Would you say that again, please?」等說法再問一次，但有時仍難免會遇上無論如何都聽不懂的狀況。「完全無法理解！」的超尷尬時刻肯定還是會發生。這時就該使用「**I'm confused.**」（我一頭霧水）這句，而不要說「我英語能力不足，所以聽不懂」。

這句所表達的是「資訊太亂太複雜，讓人一頭霧水」＝「所以請**再重新整理並說明**」。這句雖然不能常用，但適度地偶爾運用，便能在不冒犯外國人的狀態下，讓對方欣然回應「OK!」並清楚易懂地從頭再說明一遍。講得難聽點，這招其實就是「**狡猾地暗示是對方的說明方式不佳，以便請他再解釋一次**」。

沒必要老是承認「是我不會英語，所以聽不懂」，不需要擺出一副「都是我的錯」的態度。偶爾說是「對方解釋得不好」，讓自己顯得有自信也不錯。

基本上，**重點在於**「**聽不懂的時候就該坦承自己聽不懂**」。別只因為在英語能力上有障礙就過度謙卑，我認為最好還是要具備能說出「I'm confused.」的心理素質才行。既然有能力為工作做出貢獻，就該記得始終維持強悍自信的態度。

**讓我們學習更多其他的講法！**

- I can't follow you.
  我跟不上（聽不懂）你說的話。

- I don't think I get it.
  我不認為我有聽懂。

- I don't think I'm following you.
  我不認為我有跟上（聽懂）你的話。

- I don't think I follow you.
  我不認為我有跟上（聽懂）你的話。

- It's difficult to follow what he's saying.
  要跟上（聽懂）他講的內容很困難。

# 以沒想過為理由來爭取時間

## Let me think.

讓我想想。

A: **Would you please repeat your question?**

能否請您再重複一次您的問題？

B: **What kind of reactions have you been getting from customers?**

您從顧客那兒得到了什麼樣的反應？

A: **Good question!** Let me think. **What do you think?**

好問題！讓我想想。您覺得呢？

B: **Considering the quality and price of our products, we should've been getting very favorable reactions.**

有鑑於我們產品的品質和價格，我們應該獲得了非常好的反應。

A: **It's exactly as you say. The quality and price of the products are what we put our best effort into this time.**

正如你說的。產品的品質和價格是我們這次投入最大努力的部分。

## ✓ 假裝思考，以便考慮下一步行動

人一旦被問到預料之外的問題，有時難免會因為「無法立刻回答！」而著急起來。這種時候，非英語母語者便會使用「可爭取時間以思考答案」的經典常用句「**Let me think.**」（讓我想想）。在本書的 P.159 曾介紹過，「think」這個字若用在「需經深思熟

慮後做出決定的情境中，就會被認為是思慮不周的膚淺之人」。但在此，think 是做為「假裝思考，以便考慮下一步行動」之目的而使用，只是用於爭取短暫的時間，所以不會給人負面印象。

另外補充一下，不只是非英語母語者，即使是母語者在進行演說或簡報時，若被問到很難的問題，做為爭取思考時間的一種招數，很多人其實都會講出「**(That's a) Good question!**」（好問題！）這件事可說是相當廣為人知。因此，要是有人被迫說出「Good question!」的話，問問題的人大可因為問出了好問題，而在心中大肆振臂歡呼呢。

其他較常聽到的類似表達方式還有「**(That's an) Interesting question!**」（那真是一個有趣的問題！）或「**Oh, that's a hard one.**」（喔，這題有難）等。彷彿開玩笑般地運用這類講法，便能夠吸引聽眾的注意力。

而即使用了「Let me think.」或「Good question!」來爭取時間，依舊沒能及時想出答案的時候，非英語母語者還會進一步反問「**What do you think?**」（您覺得呢？）、「**What do you think about this?**」（關於這部分您是怎麼想的？）。

**像這樣藉由引出對方的想法來連結下一輪的對談，也是非英語母語者的慣用伎倆。** 若碰到無法立刻回答的問題，就策略性地丟回去給對方，藉此問出對方的想法或提出該問題的意圖，以做為自己的評論參考。

## ✓ 依據使用方式，「Let me think.」 也可與「consider」同義

另外附帶一提，「Let me think.」若是加上「over」，就會變成 **「Let me think it over.」**（讓我好好思考一下）之意，可表達和 「consider」相同的語氣。

相對於「Let me think.」只是爭取短暫時間的講法，「Let me think it over.」則是用於「請讓我好好考慮一下」這種要保留決斷 權的時候。**是當現在無法立刻給出答案時，很方便好用的一個常 用句。**

突然被問到自己意料之外的問題時，請使用「Let me think.」這 句來假裝思考，並打探對方的想法，及提出該問題的意圖等，以 便想出下一步行動。

---

讓我們學習更多其他的講法！

◆ Let me think it over.
  讓我好好思考一下。

◆ I need some time to think about it.
  我需要一些時間來思考這部分。

◆ Can you give me some time?
  你可以給我一些時間嗎？

◆ I would like to have some time to consider.
  我想要花點時間好好考慮。

◆ Could you leave it with me for a while?
  能否讓我好好思考一下呢？

# 若承認自己「不知道」就會吃虧時該怎麼辦

因為太常說「不知道」而失去他人的信賴真的非常可惜。技巧性的權宜之計有時亦有其必要性，像是提出不知道時的替代方案，或者詢問對方意見並表示贊同等。

# 不能說「不知道」的時候，
該如何推託閃避？

## I'm not sure. But I presume that it should be on track.

**我不確定。但我認為應該是在順利進行中。**

**A:** Hello. I'm sorry I'm late.

您好。抱歉我遲到了。

**B:** It's okay. Do you know if David will join this meeting?

沒關係。你知道大衛是否會參加這場會議嗎？

**A:** He will not join us today, because he has another appointment.

他今天不會跟我們一起開會，因為他另外還有約。

**B:** I see. I wanted to ask him about the progress of the project.
Do you know?

我明白了。我想問他有關專案的進度。
你知道狀況嗎？

**A:** I'm not sure. But I presume that it should be on track.
**He told me yesterday that he resolved the issues.**

我不確定。但我認為應該是在順利進行中。他昨天告訴我他已經把問題解決了。

## ✓ 運用「I'm not sure.」，傳達「不是很確定」之意

偶爾難免會遇到被問了問題，但只能回答「我不知道」、「我不清楚」的情況。這時，非英語母語者就會採取「**I'm not sure. But ～**」（我不確定，但～）的句型，在回答「I'm not sure.」（我不

確定）之後，接上「But」，藉此做出積極正向的回答。

「sure」是「確定」的意思，而以否定的形式說成「I'm not sure.」，便可表達「我不確定」的含糊語氣。

其他類似的說法還有「I don't know.」及「I have no idea.」等。但這些都具有強烈明確的「我不知道」、「我一無所知」的意思，做為回答會顯得有點冷淡、不客氣。**在海外的商務對話，原則上必須總是積極正向**。就算對方只是隨便問問，也要用「I'm not sure.」來委婉地回應。

| | I'm not sure. | 可表達「不確定、不是很清楚、沒有百分之百的把握」等含糊語氣 |
|---|---|---|
| ✕ | I don't know. I have no idea. | 具有強烈明確的「我不知道」、「我一無所知」之意，有點粗魯無禮，會給人不愉快的印象 |

## ✓ 試圖在知道的範圍內多少回答一點

如果外國人特地來問你、仰賴你，那麼即使是不知道的事，也最好在「I'm not sure」之後加上「But」，**儘管是「沒信心、不確定的資訊」，也要盡可能與對方分享，盡力支援**。非英語母語者還會在「I'm not sure. But ～」之後，接上「**I guess**」、「**I assume**」、「**probably**」等詞彙，在自己知道的範圍內，努力地試圖多少回答一些。

其實，突然被外國人問問題時，那些內容大部分都不是我們能夠立刻回答的。既然是被問「知不知道答案」，那麼回答「No」才是正直誠實的表現。

但若是因此就每當被問到不知道的事，都老老實實地只回答「我不知道」，便會讓對方產生「這個人總是一問三不知，很不可靠」的印象。

所以，重點就在於，運用「I'm not sure.」的說法，以「**I'm not sure. But I've heard that Brian used to launch a new logistic system.**」（我不確定。但我聽說布萊恩過去通常都會啟用新的物流系統）或「**I'm not sure. But I guess John may know.**」（我不確定。但我猜約翰可能知道）等方式回答，**盡可能不要用「我不知道」來結束對話**。

- I'm not certain. But I presume that it should be on track.
  我不確定。但我認為應該是在順利進行中。

- I can't be certain. But I guess that we are on time.
  我無法肯定。但我想我們有準時。

- I'm not exactly sure, but I think we should focus on this.
  我並不完全確定，但我認為我們應該要專注於這部分。

- I'm not positive, but I guess she will join us.
  我不確定，但我猜她會加入我們。

- I'm not too confident, but I assume our proposal will be accepted.
  我不是太有信心，但我想我們的提案會被採納。

# 由於對自己的想法沒信心，
所以請對方回答

## How about you?
你覺得呢？

A: **Today we need to decide our team morals next month.**
**How would you like to have about a CSR activity?**

今天我們需要決定團隊下個月的公益活動。
你們覺得來個 CSR（Corporate Social Responsibility，指企業社會責任）活動如何？

B: **I love it! It'd be a great chance for us to give back to the society.**

我喜歡！這會是我們回饋社會的絕佳機會。

A: **We can have a fun time with the children!**
**I'd like to take the orphans to the Zoo or somewhere.**

我們可以和孩子們一起度過快樂時光！
我想帶孤兒們去動物園或其他地方玩。

B: **Great idea.** How about you, **Richard?**

好主意。你覺得呢，理查？

C: **Next month will be the rainy season.**
**An indoor theme park such as an aquarium may be better.**

下個月就要進入梅雨季了。
像水族館之類的室內型主題樂園或許比較好。

## ✓ 遇到答不出來的問題時，可徵求對方的意見

非英語母語者在「被問到自己不熟悉的事情」、「想要含糊帶過」、「想知道對方問問題的真正目的」等接收到自己難以回答的提問時，有時會以「**How about you?**」（你覺得呢？）來回應。**藉由「用問題回答問題」的方式，便能夠在不發表評論的狀態下脫離困境。**

在不知該如何回答、冷汗直流但卻一個字也吐不出來的情況下，只要記得運用「How about you?」這句，就能讓對話自然地延續下去。

此外，非英語母語者也會為了探索對話材料而使用「How about you?」這個常用句。和外國人說話時，為了讓對話能夠持續，對方應該也會體貼地丟出各式各樣的話題。而在回答完對方的問題後，你可以主動反問「How about you?」好讓話題繼續發展。通常「被問到的話題＝對方也有興趣的事物 or 比較容易聊的話題」。因此，若你是那種「和外國人聊了一會兒後就沒話題可聊」、對交談常感到困擾的人，請務必試試這句。只要把話題轉移到「自己容易聊得起來的事情上」，原本有一搭沒一搭的對話就會熱絡起來。

## ✓ 「How about〜?」不在對話剛開始時使用

另外，在會議上也可使用「How about you?」。雖說也有人主持會議時就是自己一個人劈哩啪啦地講，但基本上若不引出並確認所有與會者的意見，之後的想法及資訊必定會出現差距。

為了避免產生這種失誤，就要用「How about you?」來徵求意見。

甚至像是「**How about you, Richard?**」（你覺得呢，理查？）這樣，直接指明「特定個人」，如此應該就能更確實地問出意見。

在會議中使用這句有兩個好處，**一是「可展現『尊重每一位成員』的用心」**，另一個則是「**能夠確實獲得資訊」**。

附帶一提，「How about」雖是反問時常用的句型，但並不用在對話剛開始時。若是從對話一開始就想問「～如何？」，那麼要用「**Would you like ～**」或「**How is ～**」等句型。

例如，以「**Would you like to introduce yourself?**」（你想要來介紹一下自己嗎？），或是「**How is the marketing department doing?**」（行銷部門的狀況如何？）等句子來展開對話。

當你對自己的想法沒自信而陷入困境時，又或是和外國人交談的場子一直熱絡不起來時，請務必記得試試「How about you?」這句。

讓我們學習更多其他的講法！

◆ What do you think about this?
您對此有何看法？

◆ Do you have anything to say about this?
對此您有任何話想說嗎？

◆ Can you tell me something about this?
對此您能告訴我一些意見嗎？

◆ May I have your comment on this?
我能請教您對此有何評論嗎？

◆ I'd like to have your point of view.
我想知道您的看法。

# 就算完全不懂
# 也有句子可以搞定

## Could you elaborate on that?

你可以詳細說明一下嗎？

A: **How does our product compare to that of ABC Company's in terms of price?**

在價格方面，我們的產品和 ABC 公司的產品比起來如何？

B: **We believe our price is competitive.**

我們相信我們公司的價格很具競爭力。

A: **Hmm, I'm confused.** Could you elaborate on that?

嗯⋯⋯我一頭霧水。你可以詳細說明一下嗎？

B: **Our product is superior in quality, but our price is competitive enough.**

我們的產品品質優越，但價格卻仍具有足夠的競爭力。

A: **That's so interesting. Why do you think so?**

真是有意思。
你為什麼這麼認為？

## ✓ 不管有沒有聽懂，都能用「elaborate」來確認細節

「Why?」、「So what?」的問題解決方法已廣泛傳播至世界各地。雖說將反覆質問視爲好事的文化已經普及，但世上依舊存在「再繼續問下去就會顯得沒禮貌」的情境。

在國際社會中，重複問顧客問題也可能會被視為失禮，不過，「一再詢問以解決疑問」在商務上可算是常識。

而最適合在這種情況下使用的，就是「**Could you elaborate on that?**」（你可以詳細說明一下嗎？）這句。在國外看電視節目的採訪時，就會發現負責採訪的人往往會反覆使用這句，來誘導受訪者提供資訊。可見這就是外國人想知道細節時，會使用的經典常用句。

## ✓ 「explain」與「elaborate」的差異

本書在 P.48 曾介紹過「Could you explain that in more detail?」（你可以再解釋得更詳細一些嗎？）的說法。雖然「explain」和「elaborate」直翻時感覺意思都一樣，但嚴格來說兩者其實有點不同。「explain」是「說明、解釋（得讓對方能夠理解）」之意。

在深入探討商務話題及商業資訊時，我都是使用帶有「我想徹底理解」這種味道的「explain」。而相對於此，「elaborate」則代表「詳細闡述」之意，並不包含「對方理解與否」的部分。因此，在總之想確認細節時，或是在電視的採訪中，都是使用「Could you elaborate on that?」。

在無論如何就是聽不到相關資訊的時候，我也會利用這句搭配「Why?」、「So what?」等，想辦法從對方口中獲取資訊。這聽起來似乎是很合邏輯的方法，但其實這句最厲害的地方在於，「**即使是在完全不懂的狀態下也有效**」。

非英語母語者也會在各式各樣的場合，拚命使用這句來引出資訊。除了在公司內部的會議中想獲得更深入的資訊外，當不瞭解內容時，也會一再反覆以「Could you elaborate on that?」來深入探討有疑問之處。

不論從事哪種職業，經常從許多不同對象身上收集工作內容、近況、新的業務洽談等各式各樣的資訊很重要。因此，請務必妥善利用本例的常用句，來增長自身見識。

讓我們學習更多其他的講法！

- ◆ Could you be more specific about this?
  關於這部分，你可以再說得更具體一些嗎？

- ◆ Could you elaborate further?
  你可以再進一步詳細說明嗎？

- ◆ Could you elaborate on what you just said?
  你能把你剛剛講的再詳細說明嗎？

- ◆ Could you break it down for me?
  你可以為我詳細解釋一下嗎？

- ◆ I need more information on this.
  我需要更多關於這方面的資訊。

# "難以啟齒的話
到底該怎麼說"

很多亞洲人都擅長不讓對方傷心的表達方式。只是一旦換成英語,有時無法立刻想到該怎麼說才委婉……所以,接著就讓我們來好好學習不會引起誤解的英語說法。

# 當想問的內容難以啟齒時該怎麼辦？

## I assume you've already taken care of that.

我想您應該已經處理好了（含有「進度如何？」之意）。

---

**A:** One week has already passed since we submitted our final proposal.
I assume you've already taken care of that.

自從我們提交最終提案以來已經過了一週。
我想您應該已經處理好了（含有「進度如何？」之意）。

**B:** I'm sorry that it took so long. Kindly wait for a little while longer.

很抱歉花了這麼久的時間。請再稍微等一下。

**A:** No problem. How was our proposal compared to the other company's?
What is the basis of your judgment?

沒問題。我們的提案和其他公司的比起來如何？
而您的判斷依據是什麼呢？

**B:** Unfortunately I can't share the details with you, but we think we will finally decide the future support system.

很遺憾地，我無法與你分享細節，不過，我們認為我們終究會決定未來的支援系統。

**A:** We will be committed to managing anything we can do.
Let us know if you have any requests.

我們將致力處理任何我們能做的。
有任何要求都請讓我們知道。

## ✓ 使用「assume」就能知道對方是否有確實處理

最讓非英語母語者繃緊神經的，莫過於對客戶使用英語。因為不只是英語的問題，也可能因為商業習慣的差異而引發誤解，進而有喪失業務洽談機會的風險。

此外，潛在顧客還可能因為被問了很多問題、被迫要處理並回應等而覺得很麻煩、甚至討厭。在這種敏感的狀況下，非英語母語者會使用的說法，就是「**I assume you've already taken care of that.**」（我想你應該已經處理好了）。亦即明明有想問的事情，**卻刻意避免使用問句，而是以陳述假設的方式來確認。**

使用「assume」的好處，在於能融入「您覺得怎樣？」、「狀況如何了？」這類的反問元素，因此可用於想直接詢問「作業或工作是否已完成？」或「想知道的資訊」等時候。

## ✓ 除了「assume」外，也可用「presume」、「suppose」

類似的單字還有「**presume**」和「**suppose**」。「presume」是「基於某個程度的根據來推測」的意思，精確程度高於「assume」；「suppose」則是指「基於知識來推測」，由於是以已知事物為基礎，而認為自己的推測應該正確，所以精確程度也是高於「assume」。

請運用「assume」，在避免讓對方覺得不禮貌的狀態下巧妙地問出進度，並配合不同的商務情境，分別使用「presume」和「suppose」，好讓工作順利進行。

| assume | 「在沒有根據的狀態下做推測」之意。含有反問元素，可委婉地確認 |
| presume | 「基於某個程度的根據來推測」之意。精確程度高於「assume」 |
| suppose | 「基於知識來推測」之意。由於是以已知事物為基礎，而認為自己的推測應該正確，故精確程度高於「assume」 |

◆ I assume you have already reviewed our proposal.
我想您應該已經審閱過我們的提案了。

◆ I presume he has already made a reservation for the rooms for the business seminar next month.
我想他應該已經為下個月的商務研討會訂好房間了。

◆ I suppose you have already read the financial report we recently published.
我想您應該已經讀過我們最近公布的財務報表了。

◆ I presume that you have already applied for a visa to India.
我想你應該已經申請了印度簽證。

◆ I suppose you have arranged our next meeting with the customer.
我想你應該已經安排好我們與客戶的下一次會議了。

# 再這樣下去可能會失敗，如何婉轉溝通以解決問題

## I'm concerned about the price of raw materials.

我對於原料價格有些擔心。

| | |
|---|---|
| **A:** **May I suggest something?** | 我可以提出點建議嗎？ |
| **B:** **Sure. What is it?** | 當然。是什麼建議呢？ |
| **A:** I'm concerned about the price of raw materials. **The prices could go up at any moment.** | 我對於原料價格有些擔心。它隨時都可能上漲。 |
| **B:** **Are you serious?** | 你是認真的嗎？ |
| **A:** **This information is from a credible source.** | 這資訊是來自可靠的消息來源。 |

## ✓ 利用「concern」一詞來指出考量點，以及所擔憂的部分

當非英語母語者對自己負責的業務或專案有所擔憂時，便會以
「**I'm concerned about the price of raw materials.**」（我對於原料價格有些擔心）這種句型，刻意用「擔憂、顧慮」的說法來試圖降低風險。

「concern」代表「擔心」之意，但並不只是單純的擔心而已，還含有「讓我們來解決」的積極語氣。若以「**I have a concern I should share.**」（我有個應該要分享的顧慮）的說法來傳達自己的考量，不只有「擔心」的意思，還有「顧慮」及「關注」之意，因此也不會產生負面形象。

若能明確傳達自己的顧慮所在，**就能讓對方理解你對該部分具有問題意識**。而且重點不僅在於共享問題意識，在解決方案上，也不只是單方面地強推自己的想法，**而是努力地引出對方的想法**。

例如，以「**What do you think we should do?**」（您認為我們應該怎麼做？）這類表達方式，在積極徵求對方意見的同時進行討論，對方便會覺得自己的意見有被採納，於是就能在雙方都認同的狀態下規劃問題的解決之道。

具體來說，像是以「**I'm concerned about our competitor's recent marketing push for their new product. What do you think we should do in response?**」（我對於我們的競爭對手最近替其新產品做的市場推廣有些擔心。你覺得我們該做些什麼來回應？）這句，一邊嘗試共享問題意識，一邊引出對方的意見。

## ✓ 「worry＝擔心」，但會給人負面印象

另外補充一下，通常譯為「擔心」的還有「worry」這個字，但實際上其意義完全不同。「worry」表示「在無法解決的狀態下，總之就只是不停地擔心」的狀況，因此在商務上使用會給人負面印象。

當然，在與工作無關的日常對話中，使用「worry」並不會有什麼問題。但商務英語會話以積極正向為基本原則，因此，非英語母語者們也都偏好使用「concern」甚於「worry」。

| | | |
|---|---|---|
| ◯ concern | 不只是「擔心」之意，其實更接近於「顧慮」及「關注」的意思。能給人「讓我們來解決問題」的積極印象 |
| ✕ worry | 「在無法解決的狀態下，總之就只是不停地擔心」之意。會給人負面印象 |

想要把今後可能發生的、令你擔心的事項提出來時，請使用「concern」這個字，積極地與對方分享，並採取合適的風險應對措施。

讓我們學習更多其他的講法！

- I'm concerned about the progress of the project.
  我對於此專案的進度有些擔心。

- I'm concerned that the order has not been shipped yet.
  我對於訂單還未出貨感到有些擔心。

- I'm concerned that there are a lot of complaints from a huge number of customers.
  我對於來自大量顧客的諸多抱怨有些擔心。

- I have a concern about what the customers think of the design of our new products.
  我對於顧客對我們新產品設計的看法有些擔心。

- I have a few concerns about the customer experience on our new website.
  我對於我們新網站的客戶體驗有些顧慮。

## I'm sorry, but I can't follow your logic.
很抱歉，但我無法接受您的意見。

---

**A:** We should renovate our retail outlet in Orchard. It's almost thirty years old and looks shabby.

我們應該要重新裝潢在烏節路（註：新加坡的零售中心）的零售店。
那間店都快三十年了，看起來好破舊。

**B:** I think a face lift would be enough. It's cheaper, too.

我想翻新一下外牆應該就夠了，這樣也比較便宜。

**A:** I'm sorry, but I can't follow your logic.
I must say we need major renovations to make an impact on its appearance.

很抱歉，但我無法接受您的意見。
我必須說，我們需要進行大幅度的裝修，好讓它看起來很不一樣。

**B:** That's true. Let's consider a major renovation instead.

確實如此，讓我們考慮進行大幅度的裝修吧。

**A:** Thanks for considering my opinion.

感謝您考慮我的意見。

---

## ✓ 先用「sorry」拒絕再提出不同意見，以免顯得過度尖銳

對於別人的意見或想法，直接說「你錯了」肯定是太過刺耳又尖銳。這種時候，非英語母語者通常會以「**I'm sorry, but I can't follow your logic.**」的說法，先表達「我無法跟隨你的邏輯＝我

無法接受你的意見」後，再進入正題。

在商務英語裡，「嚴禁過度直接的英語表達」。即使很確定「自己的想法才正確」，直接反駁畢竟還是很沒禮貌，會讓對方不高興。所以要用 **「I'm sorry, but ～」（很抱歉，但～）先委婉地中斷對話**，再接著表達自己無法同意。我想或許有人會擔心「在大家面前說出這樣的句子，難道不會對對方很失禮嗎？」，但其實已經先說了「sorry」來拒絕，以柔和的語調展現出尊重之意的話，並不會顯得失禮。

在各種國籍、種族都齊聚一堂的新加坡小學裡，他們教導學生「Everyone is special in their own way.」（每個人都各有其特別之處）。與外國人互動真正的樂趣就在於，可以接觸到不同背景的人的想法。當不同的意見及想法相互碰撞時，只要不忘表達對於對方的尊重，應該就能討論出新的價值觀才是。

- ◆ I'm sorry, but I have a different opinion.
  很抱歉，但我有不同的意見。
- ◆ I'm sorry, but I don't agree with you.
  很抱歉，但我不同意你的看法。
- ◆ I'm sorry, but I have to disagree with you.
  很抱歉，但我不得不反對你的看法。
- ◆ I'm sorry, but I cannot go along with you on that point.
  很抱歉，但在這點上我無法贊同你。
- ◆ I'm sorry to contradict you, but I don't think we should support that plan.
  很抱歉必須反駁你，但我不認為我們應該要支援該計劃。

# 如何堅決否定但又不失禮貌

**I'm not an expert, but I'll try to explain.**

我不是專家，但我會盡力解釋。

---

**A:** Can we have your input on these market research findings, please?

能否請您提供您對這些市場調查結果的意見？

**B:** The customer base in Asia is strong enough.
Thus, I propose cutting the selling price so as to expand business rapidly.

亞洲的顧客基礎已經夠穩固了。
因此我提議降低銷售價格，以迅速擴大業務。

**A:** I'm not an expert, but I'll try to explain.
Cutting our selling price should not be a good idea.
What's the advantage of our products?

我不是專家，但我會盡力解釋。
降低我們的銷售價格應該不是個好主意。
我們的產品優勢是什麼？

**B:** Our product is superior in quality.
We have received very favorable reactions from customers.

我們的產品品質優越。
我們已從顧客那兒獲得了非常好的反應。

**A:** I completely agree with you.
Rather than cutting the price, we can grow our business as long as we pursue customer value.

我完全同意您的說法。
因此，與其降低售價，我們不如追求顧客價值，如此就能讓業務成長。

## ✓ 即使是自己沒經驗的領域，
## 也要一馬當先地表達意見

完全無法同意比自己職位高、或比自己資深的人的想法或策略！只能否定！在這種要堅決否定但又萬分緊張之時，便可利用「**I'm not an expert（I'm no expert），but ～**」（我不是專家，但～）的句型。

採取「**I'm not an expert, but I'll try to explain.**」（我不是專家，但我會盡力解釋）的講法，就能以「**雖然我不是專家**」爲開場白，**向比自己更有經驗的人提出反駁**。

即使是在全球化的社會，若是要跟比自己經驗豐富的人唱反調，也同樣必須對對方的知識與經驗表達敬意。只不過，雖然尊敬有身分地位的人很重要，但商業的世界每天都在變化，傳統的做法不見得總是正確的。

基本上，和外國人一起工作時，沒主見的應聲蟲無法得到任何人的支持。越是能幹的主管，對於「不認同時能夠說出反對意見」的部屬就越有好評。因爲這樣才能汲取不同意見，進而達成更好的工作成果。

非英語母語者們爲了在工作上提供附加價值，也總是很積極地協調合作。當對方的意見與自己不同時，能夠不懼怕對方的地位及經驗，眞誠地說出自己的意見，努力創造更優秀的工作成果。

我自己剛就任現在的職務時還很外行，不確定的事也很多，但我

都會利用「I'm not an expert（I'm no expert），but ～」的句型，即使是在自己沒經驗的領域，仍勇於率先表達意見。結果，甚至還曾經獲得該領域專家的認同呢。

每個人都擁有很棒的見解，而最近的全球事業正是藉由提出各自的見解來找出新的附加價值。就算是自己沒經驗的領域，也請一馬當先地表達自身意見，以創造更優秀的工作成果。

讓我們學習更多其他的講法！

- I'm no expert, but I'd go along with your idea.
  我不是專家，但我贊同您的想法。

- I'm not familiar (with this), but I cannot agree with you.
  我不是很熟悉（這部分），但我無法同意您的看法。

- I don't know very much (about this), but I'm in favor of your plan.
  我不是很懂（這部分），但我贊同您的計劃。

- I'm not a specialist (on this), but we cannot take such a risk.
  我不是（這方面的）專家，但我們不能冒這個險。

- This is out of my field, but I think we should take risks to succeed in the digital age.
  這超出我的專業領域，但我認為我們應該要勇於冒險，好在數位時代中勝出。

# 如何能夠說出坦率的意見
# 但又不至於被否決？

## To be honest, I think we are missing the point.

老實說，我想我們沒抓到重點。

**A:** We need to succeed to expand business in Asia.
Asia is the fastest-growing market.

我們需要接著擴大在亞洲的業務。
亞洲是成長最快速的市場。

**B:** Now I'm looking for Japanese managers who can speak English in the company.

現在，我正在公司裡尋找會說英語的日本人經理。

**A:** To be honest, I think we are missing the point.
The key success factor is to hire the talented foreign managers, right?

老實說，我想我們沒抓到重點。
關鍵的成功因素應該是雇用有才能的外國人經理，對吧？

**B:** I agree with you.
However, it would be challenging to understand cross-cultural communications.

我同意你的看法。
但要理解跨文化溝通會相當有挑戰性。

**A:** It's about time we learned.

我們是時候該學習這部分了。

## ✓ 使用「To be honest」，就能坦率直言並爭取認同

在英語的商務環境中，一般認為藉由具不同看法的人們彼此衝撞意見，便會有新的發現。

於是理解此道理的非英語母語者，即使面對主管，也會直言不諱地以**「To be honest, I think we are missing the point.」**（老實說，我想我們沒抓到重點）這類句子指出問題所在。

以前，在我還不習慣用英語開會時，就算意見和對方不同，我也都默不作聲。因為我很怕說出了不同意見後，會導致雙方爭執，甚至打壞彼此關係。而過著這種「苦悶」日子的過程中，我發現優秀的非英語母語者，其實都會透過討論來創造新想法。於是漸漸地，我就開始能在開會的時候提出反對意見了。

不過，可別因此就輕易以為「原來可以講真心話啊」。正如我已提過多次的，畢竟在英語的世界裡，如果只是「直言不諱地說自己想說的」，肯定會被認為是「野蠻而不識相的人」。

因此在商務場合中，想表達反對意見或遇到對方發言不合邏輯的情況時，可先用本例的「To be honest」（老實說）起頭，然後再接著陳述正題。

## ✓ 用「To be honest with you」，可營造出「只有你」的親近氛圍

若再加上「with you」，說成**「To be honest with you」**的話，還能產生出「只跟你說的祕密感」，營造**「因為我們很熟，所以**

**我才跟你說實話」**的氛圍。如此一來，就不至於顯得太咄咄逼人，就能在維持彼此互信關係的狀態下，把真心話全盤托出。

一旦講出「告訴你一個祕密，老實說……」這種話，對話就會熱絡起來，還能拉近彼此關係，這點外國人也不例外。所以即使是在進行商務對話時，也請記得以「To be honest」做為緩衝句，來表達自己真誠坦率的意見。

讓我們學習更多其他的講法！

◆ Honestly speaking, I'm concerned about the progress of the project.
老實說，我對此專案的進度有些擔心。

◆ If I'm honest, I'm not at all convinced that the price is reasonable.
老實說，我完全不相信這個價格是合理的。

◆ Frankly speaking, I cannot agree with the result of your market analysis.
坦白說，我無法認同你的市場分析結果。

◆ As a matter of fact, I don't think the proposal is practical.
事實上，我不認為這提案是可行的。

◆ To tell you the truth, I'm opposed to the increase in consumption tax.
說實話，我反對增加消費稅。

◆ Between you and me, I'm concerned about the progress of the project.
告訴你一個祕密，我對此專案的進度有些擔心。

# 如何承認自己的弱點，告訴對方「我不會」

## I must admit that I'm an amateur in IT.
我必須承認，在 IT 方面我是外行人。

**A:** I work in a technology company, but I must admit that I'm an amateur in IT.

我在科技公司工作，但我必須承認，在 IT 方面我是外行人。

**B:** Are you serious?
How can you work at your company if you don't understand?

你是認真的嗎？
若你不懂，怎麼有辦法在你們公司工作？

**A:** Like other companies, technology firms have several departments.
Not all employees are familiar with IT.

就跟其他公司一樣，科技公司也有好幾個部門。並不是所有員工都熟悉 IT。

**B:** That's interesting. Now I understand.

真有意思。現在我懂了。

**A:** I don't know much about it, but I am highly valued about my management skills.

我對 IT 瞭解不多，但我的管理能力可是獲得了高度評價。

## 使用「admit」，不會的就承認不會

在工作上，經常有可能被主管或客戶提出「不合理的要求」。例如，「明明要花好幾天才能完成的資料，卻被要求要在明天中午的會議前完成」，又或是「被迫同意從工時看來怎麼算都不可能趕得及的交件期限」等，亦即「被要求做到不太可能達成的任務」的情況。

但若是在英語的環境中工作，遇到這種情況時，說出「做不到」也是很重要的。表示「做不到」多少會讓對方感到失望，有時甚至會直接了當地給你臉色看。不過相反地，明明有做不到的風險，卻說「做得到」，結果實際上沒做到的話，不僅會辜負對方的期望，還可能造成對方的損失。

正因如此，所以非英語母語者都會使用「**I must admit that I'm an amateur in IT.**」（我必須承認，在 IT 方面我是外行人）或「**I must admit I can't make it.**」（我必須承認，我無法做到）這類句子。也就是運用「I must admit ～」的句型，**誠實地表達以自己目前的能力來說「其實做不到」**。

## 一旦能認清「做不到的事」，便會獲得工作管理能力很高的評價

而正是像這樣能夠在充分掌握自身能力與產能的狀態下，**清楚辨別「做不到的事」以免造成周遭的困擾，才會獲得「工作上的管理能力很高」的評價**。儘管在國際社會上，人們往往有「積極地大聲宣告自己什麼都做得到」的傾向，但連「做不到的事」都說「做得到」可是禁忌。

明白地承認自己「做不到」或許尷尬又丟臉，但別忘了工作不是自己一個人的事。遇到自己不擅長、不懂的領域，就該讓熟悉該領域的人發揮其知識來完成工作才對。

說來慚愧，我本人雖隸屬於財務部門，但也曾經說過「**I must admit that I'm an amateur in Finance.**」（我必須承認，在財務方面我是外行人）這句話。而幸好我承認了自己做不到，才獲得了周圍優秀人才的支援。

「工作的目的在於創造更好的成果」。請利用「admit」這個字，並借助周遭的力量，來達成更優秀的工作成果。

♦ Shamefully, I pretended to know all the answers.
說來慚愧，我假裝自己知道所有的答案。

♦ It's embarrassing, but I am not good at talking in front of people.
說來丟人，但我不擅長在眾人面前講話。

♦ I'm ashamed to say I've never heard of that before.
說來慚愧，我以前從未聽說過。

♦ It is very hard for me to say, but it's the first time I'm learning this.
這非常令我難以啟齒，但這是我第一次知道這件事。

♦ I must confess that I have not given enough thought yet.
我必須坦承我沒有想清楚。

# 用最有禮貌的方式
# 表示「拒絕」

## I regret to inform you that we will decline your proposal.

**很遺憾地通知您，我們將拒絕您的提案。**

A: **Thank you for your interest in the project.**
**I am very sorry for taking a long time.**

感謝您對此專案的關注。
我非常抱歉花了這麼久的時間。

B: **That's fine. Have you reviewed our proposal?**

沒關係。您審查我們的提案了嗎？

A: **Yes, I did. It looks great.**
**However,** I regret to inform you that we will decline your proposal.

是的，我已經審查過了。
看起來很棒。
不過，很遺憾地通知您，我們將拒絕您的提案。

B: **Could you tell me why?**

可以請您告訴我為什麼嗎？

A: **I regret to say that we have decided to accept another proposal at a lower cost.**

很遺憾地跟您說，我們已經決定接受另一個價格較低的提案。

## ✓ 向對方表示尊重，以滿懷遺憾的態度拒絕

在商務情境中，要「拒絕對方的業務洽談或提案」時，直接說「不要」不僅在日本等國家會顯得非常沒禮貌，就英語表達而言也是非常失禮。

應對各個國家、各個種族的人，非英語母語者也都持續摸索著如何在盡可能不失禮的狀態下，小心謹慎地「妥善拒絕」。

「regret」這個單字除了有「後悔」的意思外，還可表示「遺憾」之意。在拒絕時使用這個字，便能表現出心裡想著 **其實我們真的很想採納，但卻不得不放棄** 的感覺。

比起使用「regret」，我想很多人可能會因為較熟悉先前介紹過的「I'm sorry, but ～」句型，而偏好使用「I'm sorry, but ～」，但實際上有時使用「regret」會更為自然。

具體來說，最常見的就是以緩衝句來開頭的用法。例如，使用「**I regret to inform you that we will decline your proposal.**」（很遺憾地通知您，我們將拒絕您的提案）這種句子，製造委婉的印象來拒絕。

## ✓ 「I regret to inform you」可等同於 「很遺憾地通知您」之意使用

而「I regret to inform you」就等於我們一般常聽到的「**很遺憾地通知您**」、「**很抱歉通知您**」、「**不好意思要通知您**」等拒絕說法。

日本人重視「體貼對方感受」的溝通方式可謂舉世聞名，包括行為舉止和用字遣詞，尤其是那種很尊重對方的拒絕方式，因態度誠懇而備受好評。

所以，想要在不傷害對方感受的狀態下予以拒絕時，便可採取一邊向對方表示尊重，一邊以含有遺憾之意的「regret」來表達拒絕。

**為了表示尊重，即使是拒絕，也要盡可能採取委婉有禮的說法。**
就算是用於拒絕的句子，使用時也請記得保持正面態度，以免傷害對方的感受。

⬦ I am terribly sorry to say that we cannot accept your proposal.
非常抱歉要告訴您，我們無法接受您的提案。

⬦ I'm afraid that we cannot accept your request to extend the due date this time.
這次，我們恐怕無法接受您延期的要求。

⬦ Unfortunately, we cannot shorten the delivery time.
很不幸地，我們無法縮短交件時間。

⬦ Regrettably, I must decline your request at this time.
很遺憾地，在這個時候我必須拒絕您的要求。

⬦ I hate to say this, but I am unable to join the conference.
我很不想這麼說，但我無法參加研討會。

# 不急著做出結論，
# 回去再好好研究要怎麼辦

## I'm not authorized to make that decision.

我沒有權限可做出那樣的決定。

A: **Thanks for your discount! But the breakdown doesn't seem much different from the other suppliers.**

感謝你的折扣！
不過，明細似乎和其他供應商沒什麼太大的不同。

B: **Oh, so you have been speaking with other suppliers?**

喔，所以您和其他供應商談過了？

A: **Our company requires us to get a quote from multiple suppliers for an important purchase like this.**

對於像這樣的重要採購，公司要求我們從多個供應商取得報價。

B: **We have worked on several projects for the past few years. Could you choose us for your new project?**

過去幾年我們已合作過幾個專案。
您能否選擇我們參與您的新專案呢？

A: **I've led the project, but I'm not authorized to make that decision. I'll discuss with my manager.**

我負責領導專案，但我沒有權限可做出那樣的決定。
我會跟主管討論看看。

## 對於想要仔細考慮的交易，
## 可假裝沒權限以爭取時間

在商務上，速度非常重要，很多時候都必須立刻做出決定並採取行動才行。在國際社會上，企業也都理解速度的重要性，因此多半都會賦予談判者決定權。在某些情況下，甚至可以未經主管同意，就直接當場決定。

不過，即使是在如此重視速度的國際社會，有時也會需要暫時擱置，經過冷靜思考後，再提出替代方案較為有效。這種時候，利用「**I'm not authorized to make that decision.**」（我沒有權限可做出那樣的決定）的說法，便能把事情帶回去考慮而不當場做決定。

每家公司賦予的權限都不同，其他公司的人並不會知道哪個人擁有什麼程度的權限。即使在國際社會上，也是有人根本沒有最終權限，但卻要負責去參加商務洽談、進行交涉。

跨國企業總是給人「負責的人有權限當場做決定」的印象，但其實談了半天後丟出一句「我沒有權限，所以無法立刻做決定」的例子也是有。所以歸咎於沒權限而將決策時間延後，真的一點也不奇怪。

## 也可用於把事情帶回去而不做決定的時候

這個說法的好處在於，「能避免對方產生奇怪的期待，並爭取回去考慮的時間」。就如本書 P.159 介紹過的，用英語進行交涉或提案時，確定不行的時候就要當場拒絕。若把事情帶回去考慮，卻

被對方認知為「態度相當正面」的話，日後要拒絕時就會變得相當困難。

不過有些時候，也確實會需要「回去好好考慮」、「跟公司的○○討論看看」。在這種情況下，只要使用「I'm not authorized to make that decision.」這句，**就能在不增加對方期待的狀態下延後回覆期限**。

就算是國際社會，也不是事事都以速度取勝。好的判斷固然講究速度，但想仔細考慮時，爭取一下時間也無妨。只是別忘了還是要體貼對方，切勿失禮才好。

♦ I have no authority to make that decision.
　我沒有權限可做出那樣的決定。

♦ I don't have the right to make that decision.
　我無權做出那樣的決定。

♦ I can't give the final decision.
　我無法給出最終決定。

♦ I am not empowered to make that decision.
　我無權做出那樣的決定。

♦ I don't have the empowerment to make that decision.
　我無權做出那樣的決定。

# 如何讓對方
# 願意聽你說話

在英語世界裡，對方不把你的話聽完是常有的事。若要讓自己的意見被聽見，就必須讓對方聽得進去，而這終究是需要重點清晰、條理分明的發言才行。

# 當場就完成確認，
# 以免讓對方多花時間

## There is one thing I ask of you.
我有件事要問您。

A: **I'm sorry to intrude on your busy schedule.**
There is one thing I ask of you.
**Do you have a minute?**

很抱歉打擾您忙碌的行程了。
我有件事要問您。
可以給我一點時間嗎？

B: **Sure. Go ahead.**

當然。請說。

A: **I need your thoughts on my analysis of the improvement for our company's work style practice.**

我針對我們公司的工作風格改進做了分析，而我需要您提供一些想法。

B: **That is definitely a hot topic right now.**

那絕對是現在的熱門話題呢。

A: **Certainly.**

是的，毫無疑問。

## ✓ 用簡單易答的問法，
## 讓忙碌的對方能夠立即給出答案

迅速完成工作的訣竅就在於「提早行動」。你必須「將多個工作分成細項，逐一確實完成」，而不是「花很長時間做一個工作並逐一完成」。別試圖一次確認很多事情，分批一點一點地問，就能讓對方立即給出答案，因此，整體而言能夠更快完成工作。

這種「分批逐一確認」的做法，是我在德勤管顧工作時主管教我的。我曾問過非英語母語者的朋友們，大家似乎都是有意識地在實行這種方法，而據說擅長交涉的人「總是依據自己的優先順序，逐一解決各事項」。

在全球化的公司工作的人，為了準時下班，都是以非常有效率且高速的方式完成工作。尤其是在國際化的環境中工作的非英語母語者，不僅負責的領域很廣，所涉及的工作和專案量也極為龐大。需要參加的會議相當多，即使攔住某人，得到「等一下再說」、「你寄電子郵件給我」等回應也是常有的事。

正因如此，所以才需要以「**有件事無論如何都想問您**」的說法，**讓單一工作的負擔顯得很小**。工作要做得好，就必須具備能確實讓別人動起來的技巧。有事要問、有求於人時，請務必學學那些擅長交涉的非英語母語者，好好利用「**There is one thing I ask of you.**」（我有件事要問您）這句，在最短的時間內獲得答案。

讓我們學習更多其他的講法！

- I have one request.
  我有個請求。
- Can I ask you a favor?
  可以請您幫個忙嗎？
- I would like to ask you a favor.
  我想請您幫個忙。
- I have one thing I really need to ask you.
  有件事我真的很需要問你。
- Would it be alright if I asked you one favor?
  我可以請您幫個忙嗎？

# 「請讓我說完」英語怎麼說?

## Let me finish.

請讓我說完。

A: **Many companies are considering introducing flexible work arrangements to increase productivity.**

許多企業都在考慮引進彈性工作安排,以增加生產力。

B: **I see things rather differently myself.**

我的看法很不一樣。

A: **Wait.** Let me finish.
**Recent research says that work-from-home policies could create a more productive work culture.**

等等,請讓我說完。
最近的研究顯示,在家工作的政策可創造更具生產力的工作文化。

B: **I know. Is there anything else?**

我知道。還有別的嗎?

A: **I presume our employee satisfaction with a work life balance must be much lower than our competitors.**

我想我們的員工對工作與生活平衡的滿意度,一定比我們的競爭對手要低得多。

## ✓ 用「Let me finish.」來展現絕不退縮的氣概

在全球化的環境裡,「會議是讓意見相互碰撞的場合」。常會有不管對方講完了沒,就直接發言打斷,接著又有另一個人開始插話等情況。在海外,會議時間大約是 30 分鐘左右,一不小心就可能無法在會議結束前把必須傳達的資訊講完。

在國際社會，話才講到一半就被別人打斷可算是家常便飯。但當有些事情無論如何都想要完整說完時，就可使用「**Let me finish.**」（請讓我說完）這個常用句。

我自己在還沒習慣只有外國人的會議時，也都會等待別人發言告一段落的時機。然而每次在某個人發言結束前，又會有另一個人開始講話，對話到最後為止都不曾停過。結果我就像「地藏菩薩」般一直杵在那兒，一句話都沒講到，過著默默守護會議的日子。

我還曾因此被主管嚴重警告說：「你要是不發言的話，就別來開會了。」雖然在那之後，我有努力試著說出自己的意見，但終究還是沒能說出自己想說的。

## ✓ 也可有效封堵半路介入的人的意見

有一天，平常很溫和的泰國人女性同事，突然在會議上使用本例的「**Let me finish.**」，嚴厲地阻止了別人半路插話。而其訣竅就在於，要搭配手勢並以較大的聲音來清楚表達**「我想說的話還沒說完」**，好把大家的注意力拉回自己身上。雖說正統的英語「應該是要把真心話藏在背後，並採取委婉的表達方式」，但畏畏縮縮地連自己的意見都說不出來又是另一回事。**能夠在該發言的場合說出該說的話，這種人才會讓人佩服。**

每次在發言過程中被人用問題打斷時，我也會使用這個說法。這種時候我會說「**Thanks for your question. Please let me finish, and I'll get back to you.**」（謝謝您的提問。請先讓我說完，然後再回答您的問題）以表達「有問題請稍後再問」之意。藉由這樣的回應，**即使話說到一半有人插嘴，也還是能好好把話講完。**

和母語者開會時，除了自己英語能力的問題外，母語者往往還會有話太多的傾向，因此很難充分表達自己想說的。所以，請充分運用「Let me finish.」這個說法，表現出「請至少讓我說完這些」的態度，好好地表達自己的意見。

- Can I please finish what I'm trying to say?
  能否讓我說完我想說的？

- Can I finish talking, please?
  能否讓我說完呢？

- Am I allowed to finish my sentence?
  可以讓我說完我的話嗎？

- May I finish my sentence?
  我可以講完我的話嗎？

- Do you mind if I finish what I'm trying to say?
  您是否介意讓我說完我想說的呢？

# 如何在逆境中
# 說出自己的意見？

## Briefly, I have three things to say.

**簡言之，我有三件事要說。**

A: Briefly, I have three things to say.

簡言之，我有三件事要說。

B: Go ahead.

好的，請說。

A: First, we don't have flexible work practice such as flex-time.
Second, we are behind on the adoption of IT, and take longer to do a job.
Finally, due to a lack of under-standing within senior man-agement, we have not taken action for improvement.

首先，我們沒有如「彈性工時」之類的彈性工作辦法。
其次，我們在引進 IT 方面落後，且需要花更長的時間工作。
最後，由於管理高層缺乏理解，導致我們至今仍未採取改善措施。

B: That makes sense.
I agree with you on that point.

確實有道理。
在這點上我同意你。

A: Thanks. Let me explain a little further.

謝謝。讓我再進一步解釋一下。

## ✓ 精簡你想表達的重點，用「三點」說完

在日本很流行的「將重點精簡爲三點」的方法，在海外當然也很知名。開會或做簡報時，非英語母語者往往會使用「**Briefly, I**

**have three things to say.**」（簡言之，我有三件事要說）這句，
將內容精簡為三個重點來表達。

至於為什麼必須精簡成三個重點，原因就在於把想傳達的內容整
理成三項時，對方會比較容易理解。根據認知心理學的研究，「一
旦達到四項以上，對人類的知覺來說，就會變得難以理解」。

此外，當人要從精簡後的要點之中做出選擇時，若要點只有兩項，
就等於陷入被迫二選一的狀態，以人的習性而言，這時便會開始
猶豫不決，往往會因此延遲決策。甚至還可能覺得「雖然眼前只
有兩個選擇，但是否有必要考慮別的選項呢？」。所以非英語母
語者都一定會牢記這個道理，將重點精簡為三項。

說話的重點若沒確實經過統整、精簡，你的說明就會變得很難懂。
而內容越是複雜，就越有必要將重點精簡為三項。

總之，就是試圖以「簡言之，我有三件事要說」的方式精簡說話
重點，**以期能將「希望對方記住的事情」留在對方腦海中。**

## ✓ 一是結論，二是具體解釋

另外，為了「確實傳達自己想說的內容」，非英語母語者們還會
運用除了「將重點精簡為三」以外的兩個技巧。第一個是「**從結
論開始講**」。英語國家的人若沒先聽到結論，就會因搞不清楚方
向而感到困惑。藉由讓對方預先想像整個說話內容的全貌，也能
同時降低因自己英語能力不足，而導致對方「對內容產生誤解」
的風險。

第二個則是「**盡可能具體地解釋**」。一旦採取抽象的表達方式，就可能造成理解上的差異。欲傳達事物、委託工作的時候，別只是口頭說說，最好將任務明確地寫出來，具體地告訴對方。而且還要把各項日期、期限及重要度高低等也都一併說清楚、講明白。請妥善運用這些技巧，來確實傳達自己想說的。

讓我們學習更多其他的講法！

- In short, I have three things to share with you.
  簡言之，我有三件事要與您分享。

- Basically, there are three things we need to talk about.
  基本上，有三件事是我們需要談的。

- The point is I have three things I immediately need to talk about.
  重點是，有三件事是我立刻需要談一談的。

- What I'm trying to say is there are three things that I really want to share with you.
  我想說的是，有三件事我真的很想與您分享。

- Now, I would like to ask you three favors.
  現在，我想拜託您三件事。

# 讓離題的對話回歸正題

## By the way, we have only 10 minutes left.
附帶一提，我們只剩下 10 分鐘了。

A: By the way, we have only 10 minutes left.

附帶一提，我們只剩下 10 分鐘了。

B: I'm sorry that I talked too much.

抱歉我講太多了。

A: Never mind. Thanks for lots of useful information.

沒關係。感謝你提供許多有用的資訊。

B: Thanks. Let's move on to the next topic.

謝謝。讓我們繼續下一個主題吧。

A: Sure. Does anyone have any questions so far?
If not, let's summarize the main points we covered.

好的。至目前為止，還有人有任何問題嗎？
若沒有，就讓我們來總結一下我們所討論的要點。

## ✓ 使用「by the way」，就能讓對話自然回歸正題

在我所任職的新加坡微軟，為了有效率地進行工作，以實現工作與生活的平衡，大家都已建立「會議要在 30 分鐘內開完」的習慣。但由於滿腔熱情的人很多，討論一旦白熱化，大家的發言就會停不下來。

在會議上，隨著與會者們討論得越來越熱烈，每當覺得「發言內容似乎太冗長」、「好像有點離題了」的時候，我就會使用「**By** the way, we have only ○○ minutes left.」（附帶一提，我們只剩下○○分鐘了）這句。

「by the way」是**非英語母語者用來「改變話題」的經典常用句**。雖說在會議上交換各種意見很重要，但時間畢竟是有限的，若不讓會議有效率地進行，便無法在有限的時間內做完決定，於是就會陷入必須再額外多開一次會的窘境。正因如此，**所以才需要利用「by the way」來讓討論回歸正題**。

其實光是「by the way」這三個字，就足以讓多數外國人警覺到「自己可能講太多話了」。而若講了太多話的外國人主動表示「我講太多了，對不起」的話，也別忘了緊接著回應「**Never mind. Thanks for lots of useful information.**」（沒關係。感謝你提供許多有用的資訊）。這樣簡單的一句，應該就能免除與對方之間的尷尬氣氛。

## ✓ 除了改變話題外，也可有效補充資訊

此外，可做為「附帶一提」之意、用來轉變話題的單字，還有「**anyway**」。我都把「anyway」當成「by the way」的同義詞，在想轉換至完全不同的話題時使用。例如，用以表示「不管怎樣」、「總之」等意思，好將對話導引至總結，又或是用以表示「話說回來」之意，而將對話拉回原本的話題。

還有，「by the way」除了可表示「附帶一提」之意用來改變話題外，**也可表示「順道補充一下」之意，用於增添、補充資訊**，像是「**By the way, I used to live in the States.**」（順道補充一下，

我以前曾住在美國）、「**By the way, I work at a car dealership, so if you need help buying a car, let me know anytime.**」（順道補充一下，我在汽車經銷商工作。如果你在買車方面需要協助，請隨時聯絡我）等。請務必妥善運用「by the way」來控制、引導對話，有效地促進工作。

◆ Well, could you repeat what you said before?
那個，能否請您再重複一遍您剛剛說的？

◆ Anyway, I think we're steering off topic a bit.
不管怎樣，我想我們有點離題了。

◆ Thanks for your input, let's get back on track.
謝謝您的資訊，讓我們言歸正傳。

◆ For your information, we have only 10 minutes left.
提醒您一下，我們只剩 10 分鐘了。

◆ Oh! I just remembered we need to discuss one more topic.
喔！我突然想到我們還有個主題需要討論。

# 沒收到回覆也是自己要負責。
# 如何催促對方回應你的請求？

## Have you had a chance to look over the report I sent to you yesterday?

您是否已有機會看過我昨天寄給您的報告了？

A: Have you had a chance to look over the report I sent to you yesterday?

您是否已有機會看過我昨天寄給您的報告了？

B: I have not had a chance yet. Can I take care of it tomorrow?

我還沒有機會看。
我可以明天處理嗎？

A: Of course. Tomorrow will be fine. But I need it for my customer visit next week.

當然。明天處理沒問題。
不過我下週拜訪客戶時會需要用到。

B: Sure. I'll give my feedback tomorrow.

好的。我明天會提出我的回饋意見。

A: Thank you very much for your support with your busy schedule.

非常感謝您在百忙之中大力支援。

## ✓ 對方沒回應就要自行主動確認，這也是委託工作的一部分

在職場上，負起責任完成工作可說是「理所當然」。而對自己所委託的工作進行進度確認，也是工作上的「理所當然」之一。提出請求後的隔天若對方仍無回應，就有可能是被漏掉了或被評估

為重要度較低，所以一定要追一下進度才行。

我剛開始在海外工作時，就算對方沒有即時回覆，我也只覺得「大概現在很忙吧」，就什麼也沒做地靜待對方回應。後來，當我開口問他「三天前我有寄一封電子郵件給你……」時，同事卻生氣地說：「你都沒來催，我還以為這事一點也不急耶！急的話就要早點講啊！」

我想在許多國家，只透過電子郵件與主管及相關人員溝通的工作方式並不罕見，而且很多時候，從隔天到第三天左右為止都是不會主動催促的。但當對方是外國人時，**若沒收到電子郵件回覆就該打電話去問，要在必要的時間點確認對方是否有處理。這也是「將工作委託他人」時，自己該負的責任之一。**

## ✓ 「Did you～?」會給人較嚴厲的印象

附帶一提，我都會用「**Have you had a chance to look over the report I sent to you yesterday?**」（您是否已有機會看過我昨天寄給您的報告了？）的說法，來確認自己委託他人的工作目前進度如何。比起同樣意思的「Did you～?」（你已經～了嗎？）句型，這樣的表達方式較為溫和有禮。

○ Have you had a chance ～? 給人溫和有禮的印象

✗ Did you ～? 可能會給人太直接而唐突的印象

別以為「工作分派出去後就是對方的責任」，委託他人的工作直到完成為止，都必須由自己負責盯到底，才是英語環境的規則。雖然給對方太大的壓力也很失禮，不過，還是要確實盡到委託方確認進度的責任才行。

重點在於「輕鬆地稍微提醒」即可，以免造成壓力。只要在必要的時間點進行確認，工作進度就會大不相同。不是要催促對方趕快做你委託的工作，而是要在稍做確認的同時，關心對方的作業狀況。

讓我們學習更多其他的講法！

- Have you looked over the report that I sent to you yesterday?
  您是否已看過我昨天寄給您的報告了？

- Have you had an opportunity to look over the report that I sent to you yesterday?
  您是否已有機會看過我昨天寄給您的報告了？

- Could you look over the report that I sent to you yesterday?
  您能否看看我昨天寄給您的報告？

- I was wondering if you had a chance to look over the report that I sent to you yesterday.
  不知您是否有機會看看我昨天寄給您的報告？

- I was wondering if you had time to look over the report that I sent to you yesterday.
  不知您是否有時間看看我昨天寄給您的報告？

# 即時報告，
# 以獲取主管的建議

## I have one thing to share with you.
我有一件事要與您分享。

A: **I'm sorry to bother you.** 　　　　很抱歉打擾您。

B: **What is it?** 　　　　怎麼了？

A: I have one thing to share with 　　我有一件事要與您分享。
you.

B: **Sure. Go ahead.** 　　　　好的。你請說。

A: **The meeting went really well** 　　會議進行得真的很順利，
**except for one thing.** 　　　　只有一件事除外。
**Let me quickly summarize** 　　　讓我很快地概述一下發
**what happened.** 　　　　　　　生了什麼事。

## ✓ 徹底做好報告、聯繫、商討，
## 以提高主管對自己的信賴度

非英語母語者偶爾會以「**I have one thing to share with you.**」
（我有一件事要與您分享）這句，開口和主管商量工作軌道的修
正，以及提供最新狀況報告等事宜。**藉由強調「只有一項」資訊**
**要分享的說法，便能引起主管的關注。**

而及時的資訊共享能讓主管一一掌握你的工作進度，當有麻煩發
生時，主管也會跟你一起承擔決策錯誤的罪過。工作上總難免遇

上麻煩事，只要用這句細心地分享資訊，就能避免浪費時間聽人說教了。

## ✓ 「Could you do me a favor?」不適合對主管使用

此外，在與人商量時，也可用「Could you do me a favor?」（可以請您幫我一個忙嗎？）這樣的說法，以較低的姿態來展開對話。只不過，這句不適合用來抓住忙碌的主管。

「Could you do me a favor?」在英語中是用於「提出請求」時，是相當溫和有禮的說法，此句一出往往都能順利獲得協助。但由於帶有「正襟危坐地商量」的味道，因此若用這句叫住主管，很可能會被一句「我現在有點忙」給晾在一旁。

就「緊急聯繫」用的詞句而言，方便好用、值得記住的，就是表示「只是」或「暫且」之意的「just」。你可以用「**Just a quick approval request regarding（about）～**」（只是想請您很快地批准一下～）、「**Just a quick update regarding（about）～**」（只是很快地報告一下關於～的最新狀況）、「**Just a heads up regarding（about）～**」（只是預告一下～）等這類簡略的說法，來傳達重要事項。

例如，想請主管批准出差時，就可使用「**Just a quick approval request regarding（about）my business trip next week.**」（只是想請您很快地批准一下我下週的出差）這句來表達。

主管要接受許多不同的人來報告、聯繫、商討，還要開會，就算在座位上也可能剛好在跟別人說話，總之非常忙碌。但「工作就

是在服務主管及客戶」。若能及時與主管共享資訊，就能提升主管對你的信任。

## ✓ 半路插進別人的對話時，要說「I'm sorry to bother you.」

另外，當主管一直在和別人說話，讓你遲遲找不到機會講話時，只要運用「**I'm sorry to bother you.**」（很抱歉打擾您）這句，即使主管還在與別人交談，你也能夠有禮貌地打斷對話。

雖然主管什麼都會、非常萬能，但還是要理解主管總是很忙，所以別浪費對方的時間。妥善溝通以適度進行報告、聯繫、商討真的非常重要，請務必採取總是能引起對方關注的溝通表達方式，要讓主管不會覺得聽你講話很痛苦才好。

<br>

**讓我們學習更多其他的講法！**

- ◆ I have only one thing to share with you.
  我只有一件事要與您分享。

- ◆ There's one important thing I have to share with you.
  有一件重要的事我必須與您分享。

- ◆ There's something I have to share with you.
  有些東西我必須與您分享。

- ◆ I'd like to share only one thing with you.
  我只想與您分享一件事。

- ◆ I've got something really important to share with you.
  我有一些真的很重要的東西要與您分享。

# "即使尷尬也要 勇於表達自己的感受"

亞洲人多半比較害羞，不會積極地以言語表達感激之情。相反地，英語母語者則是會非常積極地表達感謝，積極到甚至令人尷尬的程度。請仿效他們的做法，勇於傳達自身感受，以提升團隊意識。

# 用除了「謝謝」以外的話語來表達感謝之意

## You made my day!

**你讓我有了美好的一天！**

A: **Congratulations for winning the award once again. Well-deserved!**

恭喜你再次獲獎。
真是當之無愧！

B: **You made my day!**

你讓我有了美好的一天！

A: **My pleasure.
I'm so impressed by your passion and accomplishments.**

這是我的榮幸。
你的熱情與成就真是令我印象深刻。

B: **Thank you very much.**

非常謝謝你。

A: **Keep up the good work!**

請繼續努力！

## ✓ 工作能力越強的人，就越懂得表達感謝

我必須一再強調，在全球化的社會裡，表達「感謝之意」很重要。畢竟表達感謝不僅能讓被感謝的一方心情愉快，也能讓表達謝意的一方以「這成功是歸功於每個人」的感覺來發言。

越是成為活躍於跨國企業的「能幹的非英語母語者」，就越會在各式各樣的情況下讓「感謝的話語」如泉水般大量湧出。

於是我也選擇仿效他們，每當受了某人的照顧，或是在相知相惜的夥伴間聽到了當天最令人開心的話，我都會說「**You made my day!**」（你讓我有了美好的一天！）；亦即加上「感謝的話語」，努力讓對方也有好心情。

## ✓ 被讚美的時候，請大方地表現出喜悅之情

此外，在國際化的環境中，你也有可能獲得他人的讚美。而被人讚美時，一般很容易會謙虛地回應說：「不，不，不，才沒這回事。」但在英語會話中，一旦過度否認，讚美你的人便會困惑地覺得「欸？難道他不開心嗎？」。

被人用英語稱讚時，就坦率地說「**Thanks!**」，或以本例的常用句「**You made my day!**」（你〔的讚美〕讓我有了美好的一天！）來回應並表達謝意，這樣對方也會感到開心。

人人都會遇到「多虧了同事的協助，工作才得以順利進展而覺得開心」，或是「有人說了有趣的事而逗得你開懷大笑」等情況。若覺得那是當天最令你開心的時刻，就用「You made my day!」來表達最高等級的謝意，讓對方也能有好心情。因為這句通常都是用來表示「你所做的事，讓我得以開心地度過今天一整天」這樣的意思。

每當我做了點什麼簡單的小事，光是能得到對方的這句回應，便足以讓我開心個老半天呢。即使有一些討厭的事情，只要如此簡單輕鬆的一句貼心話，就能讓今天變成幸運的一天。這樣的經驗，我想每個人都曾經有過。

當你遇上某人的好意或是很棒的情境時，請試著用「You made my day!」來回應。若你能過著常聽到這句話的日子，那麼，每天應該都會十分充實。

讓我們學習更多其他的講法！

◆ Thanks a million!
萬分感激！

◆ You are the best!
你是最棒的！

◆ You are the greatest!
你太棒了！

◆ I can't thank you enough!
感激不盡！

◆ This means a lot to me!
這對我來說意義非凡！

◆ You don't know how much this means to me!
你不知道這對我來說多麼有意義！

# 什麼樣的感謝句只要一句就能讓彼此關係變好？

## You're always willing to go the extra mile.
你總是願意加倍努力。

A: Congratulations on your pro-
motion!

恭喜你升官了！

B: Thank you.
I'm really thrilled.

謝謝你。
我真的很興奮。

A: I'm sure you'll be a great sales
manager.
I'm truly impressed by your
superb achievement.

我敢肯定你會成為很棒的
銷售經理。你的出色成就
真的令我印象深刻。

B: I hope I can live up to every-
one's expectations.

我希望能夠不辜負大家的
期望。

A: Yes, you can.
You're always willing to go the
extra mile to make sure the
customers are satisfied.

是的，你一定能做到。
你總是願意加倍努力，以
確保客戶滿意。

✓ 對於在工作上的努力超乎預期的人，
就用「go the extra mile」

要與外國人共事，就必須記住一些「用來稱讚對方的英語」。**稱
讚就表示認可對方**。透過稱讚，就能讓對方產生自信，進而提升

工作動力。

非英語母語者們也都會積極使用這類可稱讚周圍夥伴的句子，例如，在大家面前公開表示，或以電子郵件通知所有團隊成員「**He is always willing to go the extra mile to make sure the customers are satisfied. That's why he is successful in the company.**」（他總是願意加倍努力以確保客戶滿意。這就是他能在公司裡成功的原因）。而這也正是「英語世界中的主管職責」之一。

## ✓ 想表達自己的幹勁時，也可用「go the extra mile」

另外，想表達自己的熱情與幹勁時，也可使用「go the extra mile」。在歐美英語母語者的世界裡，多少有些誇張地稱讚、評價對方可謂常態。因為這樣能夠激勵團隊或部屬，讓工作順利進展，也能提升大家對主管本人的信任感。

自從進入了全球化社會後，我也都會在大家面前公開讚揚幫助我的同事及部屬的努力與功績，甚至廣發電子郵件給團隊及相關單位來報告這些事情。

藉由將該同事、部屬的努力與成果清楚易懂地傳達給大家，也能使各相關單位對他們產生敬意，進而讓他們工作起來更輕鬆。一旦他們的工作能夠順利進行，便會對我心存感謝，分工合作也會更為容易。

與外國人主管、部屬、同事之間的溝通，有可能因為這一句話就大

大改善了彼此的關係呢。因此，請妥善運用「go the extra mile」的說法，大力稱讚對方的協助，又或是強調自己的高度熱忱。

◆ I always make the effort to exceed the expectations of the people around me.
我總是努力超越周遭人們的期望。

◆ He works harder than anyone else in the team.
他比團隊中其他任何人都更努力工作。

◆ I am committed to providing better service beyond my customers' expectations.
我致力於提供超越客戶期望的更好服務。

◆ Everyone knows she always tries hard.
大家都知道她總是很努力。

◆ I always work to the best of my ability to exceed my customers' expectations.
我總是盡全力超越客戶的期望。

# 「讚美」的最高等級
# 表達方式是什麼？

## I'm proud of you.

**我以你為榮。**

| | | |
|---|---|---|
| **A:** | Here's to Mr. Tanaka on your overseas assignments. Cheers! | 讓我們舉杯慶賀田中先生即將派駐海外。乾杯！ |
| **B:** | Thanks. I'm so excited. I can't thank you enough. Thanks for your advice. | 謝謝。我真的很興奮。對你真是感激不盡。謝謝你的建議。 |
| **A:** | I'm glad your hard work has paid off. I'm proud of you. | 我很高興你的努力工作有了回報。我以你為榮。 |
| **B:** | That encourages me a lot! | 這給了我很大的鼓舞！ |
| **A:** | I wish you further success! | 祝你再創佳績！ |

## ✓ 只要把對方想聽到的話，清楚地表達出來就行了

一般來說，在歐美企業裡「讚美」是常態。人被稱讚就是會感到開心。若能妥善地稱讚對方而觸動其心弦，對方的看法便會改變，工作起來就會更容易。活躍於國際社會的非英語母語者，都會率先將讚美的話語放在嘴邊。

而本例的「**I'm proud of you.**」（我以你為榮）可說是最高等級的讚美說法之一，**是對取得巨大成功的人使用的一種表達方式。**

「proud」就如其字面意義，是「感到驕傲」的意思。這對亞洲各國的人來說，或許覺得有些誇張。但這是最高等級的讚美方式，能夠充分表達自己已確實理解對方的努力與辛苦，而且真心覺得很棒、很佩服，而非只是客套或阿諛奉承。

以前，我曾經想方設法地努力達成了一個原本覺得應該不可能成功的專案。就在我鬆了一口氣時，主管彷彿看透了我的心思般，在其他團隊夥伴的面前對我說：「**Great Job. I'm proud of you!**」（幹得好！我以你為榮！），令我非常開心。

## 對地位較高者使用「proud」也很有效

此外，「**proud**」也可用於地位或職位比自己高的人。當主管或地位較高者「升官」、「得獎」或「達成了很棒的成就」等時候，就可以對他說「**I'm so proud of you!**」（我是如此以您為榮！）。

在面對主管或地位較高的人時，我會在「proud」之前多加一個「so」，以表達更進一步的敬意。

還有在主管、同事、客戶提到自己家人的輝煌事蹟時，這個句子也幾乎絕對必用。當對方告訴你他的家人「考進了超難考的學校」、「獲得了○○獎」等而高興得合不攏嘴時，請務必給予「**You must be very proud of your daughter.**」（您一定相當以女兒為榮／您一定為女兒感到非常驕傲）這樣的最高等級讚美。

每次有機會時，我也都會用「proud」來讚揚周遭每個人的成功與努力。藉此便可讓周遭的氣氛更加開朗愉快，進而提升大家的工作動力。

◆ I admire you.
　我佩服你／我崇拜你。

◆ You're my hero.
　你是我的英雄。

◆ I'm impressed with you.
　你令我印象深刻。

◆ I'm amazed by you.
　你令我驚艷。

◆ You're full of surprises.
　你充滿了驚喜／你是個總能給人意外驚喜的人。

# 用一個英文單字來建立團隊意識

## Absolutely!

**一點也沒錯！**

A: **Our sales have slowed down. We have to take action.**

B: **Why don't we do research on customer reaction to our new packaging?**

A: Absolutely! **Let's contact the marketing department as soon as possible.**

B: **I know you know them well. Can you contact them?**

A: **Certainly!**

---

我們的銷售減緩了。
必須採取行動才行。

我們何不調查一下顧客對新包裝的反應？

一點也沒錯！讓我們盡快聯絡行銷部門。

我知道你跟他們很熟。
你可以聯繫他們嗎？

當然！

---

## ✓ 大聲地說「一點也沒錯！」，讓發言更踴躍熱絡

在英語世界的會議中，大家都在分享「自己的真實意見」，因此，很少有機會表明自己與某人的看法完全相同。話雖如此，但還是會有部分意見相同的那一刻出現。這時，若用「**Absolutely!**」（一點也沒錯！）這個字來表示贊同，對方的態度便會軟化。

「Absolutely!」除了可用於表達「一點也沒錯！」的贊同感外，也可用在「真是太棒了！」之類覺得感動、並附和的情況。搭腔附和時，也能以同樣的方式使用「**Lovely!**」、「**Brilliant!**」、「**Awesome!**」等單字。

應聲附和是促進對話的潤滑劑，而非英語母語者可不會默默地聆聽對方說話。他們會有點囉唆地一邊搭腔附和，一邊變化用詞、表情、聲調，努力表現出積極的態度。

## ✓ 試著換個說法，從「Very good」改成「Absolutely great」

雖然「Of course!」也可表達同樣的意思，但使用「Absolutely!」更能進一步地展現你的積極度。我在開會的時候，也經常使用「Absolutely!」，而訣竅就在於，說的時候要感覺有點興奮地提高音量才行。

英語母語者由於都已經非常習慣，因此，他們的音調、音量、時機就像歌舞伎表演時的喝采聲般，應聲附和得恰到好處，只能說真是令人讚嘆。

你可以嘗試改換用詞，例如，將「Very good!」（非常好！）改成「**Absolutely great!**」（真的很讚！）或是把「I liked it very much!」（我非常喜歡！）改成「**I absolutely liked it!**」（我真的超愛！）等，擴大表達的範圍。

將之加在想強調的詞彙前（動詞或形容詞），便可炒熱氣氛以建立團隊意識。

即使不是在會議上，當一群人談笑聊天時，一旦用「Absolutely!」表達贊同感，現場氣氛也會立刻變好。因此，請務必大聲利用「Absolutely!」來熱絡對話，開心地進行工作。

◆ A: I applied to a study abroad program.
  I'll be committed to studying English this summer.
  我申請了海外留學計劃。
  這個夏天我一定要學好英語。
◆ B: Lovely!
  好極了！

◆ A: I think English is an opportunity to realize our full potential.
  我認為英語是實現我們所有潛力的機會。
◆ B: Brilliant!
  毫無疑問！

◆ A: I've finally been selected for an overseas assignment.
  我終於獲選派駐海外。
◆ B: Awesome!
  太棒了！

# 表達最高度的期望

## I'm counting on you.

我就指望你了。

A: May I ask for your support in researching customer's reaction to our new packaging?

我可以請你協助調查一下顧客對我們新包裝的反應嗎？

B: Could you explain that in more detail?

你可以詳細說明一下嗎？

A: Our sales figures are going down.
So we need to do research on customer reaction.

我們的銷售數字正在下降。因此我們需要調查一下顧客的反應。

B: Certainly! I'm committed to supporting you so you can perform at your best.

當然沒問題！我將全力支援你們，好讓你們能有最好的發揮。

A: I'm counting on you.
Thanks for your kind understanding and support!

我就指望你了。感謝你親切的理解與支持！

## ✓ 使用「count on」，向對方確實傳達信任與期待

在以積極為座右銘的英語世界裡，最重要的莫過於記住許許多多不同的讚美話語。若不讚美對方，對方就會覺得「那個人很少對我說過什麼好話，他該不會是討厭我吧？」。**不使用言語明確說出「我信任你」、「我對你有期待」的話，你的想法就無法傳達**

**給對方**。話說得好，團隊士氣便會提升，業務上的成果往往也會因此增加。

所以，非英語母語者都把「**I'm counting on you.**」（我就指望你了／我對你很有期待）做為一種讚美的話語來運用。這句同時也能傳達「你值得信賴」、「你讓我放心」等意義，**可充分表達你對於對方「基於信賴而產生的期待感」**。

## ✓ 亦可用於強調「請期待我的表現」時

此外，「counting on」不只能用於他人，也可用於自己。例如，以「**You can count on me!**」（包在我身上／你可以指望我！）**這句來強調自己對工作的自信**。

「count on ～」是「仰賴～」、「指望～」的意思，所以用「count on me」便能表達「請仰賴我＝包在我身上」之意。這感覺就像是請對方「也把我算進去吧、也把我當一回事嘛」，亦即帶有「相信我、交給我吧！」的味道。

例如，當有人對你說「我希望由你來做這個」的時候，就可試著用「**Count on me.**」的說法來表達「我很擅長，所以包在我身上！」這種感覺。「Count on me.」即使在一般的日常對話中，也可以輕鬆地用來表示「OK！交給我！」之意，並不需要那麼緊張嚴肅，因此很建議用於覺得稍有自信的時候。藉由強調自己對工作的自信，便能一口氣拉近與周圍夥伴的距離，而工作應該也能因此順利進行才對。

以我來說，每當要激勵某人時，我就會對他說「**This is a task**

**only you can handle. I'm counting on you!**」（這個任務只有你能處理。我就指望你了！）之類的話。雖說一個人也是可以默默地把工作完成，但交給別人處理，才會更有影響力。而若是要讓大家一起工作，就必須運用激勵大家的話語。

商業是建立在人與人之間的互信關係上。因此，依據是否有積極建立互信關係，未來的商機也會大不相同。你應該要妥善運用可表示信賴對方、讓對方可以期待的「count on」相關句子，藉此建立與團隊的互信關係，實現更出色的工作成果。

讓我們學習更多其他的講法！

◆ I have high hopes for you.
　　我對你有很高的期望。

◆ I hope I will hear good news from you.
　　我希望能聽到你的好消息。

◆ I am expecting a lot from you.
　　我對你有很多的期待。

◆ I am anticipating good results for you.
　　我期望你會帶來好的結果。

◆ I look forward to your contribution.
　　我期待著你的貢獻。

# 如何自然
# 不彆扭地請求協助

正是在有求於人的時候,特別需要小心地使
用有禮貌的英語。有時自以為說得十分親切
有禮,但聽在對方耳裡卻感覺你一副高高在
上的姿態。即使是常用的「please」,也要
注意其用法是否正確才行。

# 為了尋求協助而採取低姿態

## I wondered if you could help me.

不知您能否幫助我？

A: I wondered if you could help me.

不知您能否幫助我？

B: Sure. How can I help you?

當然好。我能夠怎麼幫你？

A: Could you give me your frank opinion on my proposal?

可以請您針對我的提案給出坦白的意見嗎？

B: Frankly speaking, I don't think cutting prices is a good idea.
I'd rather try to add more useful features to the product.

老實說，我不認為降價是個好主意。
我寧可試著為產品增加更多有用的功能。

A: Thanks for your useful feedback.
I'll consider this again.

謝謝您有效的回饋意見。
這部分我會再考慮一下。

## ✓ 使用「I wondered if～」，獲得協助的可能性就會增加

工作就是一連串的請求。只要隸屬於公司這種共同體，就一定需要對公司內的前輩、同事、部屬及其他部門的人提出或接受工作方面的請求。依行業不同，有些甚至還可能需要外包工作。不管怎樣，就執行工作而言，「請求」可說是絕對必要。

而工作能力強的非英語母語者在表達「請求」的做法上，有一些與眾不同的獨到之處。**他們非常擅長在表達敬意的同時提出請求。例如，「I wondered if you could help me.」**（不知您能否幫助我？）這樣的句子，便是利用了「I wondered if ～」的句型來融入對於對方的尊敬之意，是一種禮貌度極高的絕佳英語表現。而被請求的一方一旦聽到這樣的說法時，也會忍不住覺得自己應該要出手幫忙才行。

另外再多補充一點，**如果使用「～ing」的形式，說成「I was wondering if ～」的話，還能更進一步增加禮貌度。**非常建議用於想要更有禮貌地提出請求時。

## ✓ 使用「please」要小心，最好別用在電子郵件裡

此外，若是用「please」來請求，往往會給人高高在上的負面印象，彷彿是在強迫對方答應一樣。

尤其是像「Please help me.」這種講法，一般人很容易以為只要加上「please」（無論如何請務必 ～），不管怎麼講都會變得有禮貌。但其實後面接著「help me」（幫助我）這樣的命令句，聽起來就會有不給對方拒絕餘地、十分傲慢蠻橫的感覺。所以非英語母語者都不這麼用。

| | | |
|---|---|---|
| ◯ | I wondered if ～ | 表達了敬意且禮貌度極高的絕佳請求句型 |
| ✗ | please | 會給人高高在上地強迫對方答應的感覺，容易產生負面印象 |

想要提出難以啟齒的請求、請對方聽你提出會對他造成負擔的請求時，就必須仔細考量用字遣詞，務求溫和委婉才行。如果是對很熟的好友在口頭上使用「please」的話，通常不會有問題。畢竟，若是帶著友善的語氣和笑容用「please!」提出請求，應該是不至於會被認為心懷惡意才對。

可是一旦用在電子郵件裡，就有可能突然變得令人不舒服。即使關係很好也可能因此招來誤解，故最好避免為上。

在社會上，要實現各種事情，就必須得到許多人的協助。當你需要別人的幫助時，請一定要客氣有禮地提出請求喔。

讓我們學習更多其他的講法！

♦ I wondered if you could copy these documents.
不知能否請您影印這些文件？

♦ I was wondering if you could tell me how to develop your career.
不知您能否告訴我，您是如何發展您的職業生涯的？

♦ Could you help share with me the best way to manage the project successfully?
能否請您與我分享成功管理專案的最佳方法？

♦ It would be really helpful if you could share with me how you could manage the project successfully.
若您能與我分享您如何成功管理專案，那會非常有幫助。

♦ I would appreciate it if you could share with me how you would manage the project successfully.
若您能夠與我分享您如何成功管理專案，我將不勝感激。

# 「advice」和「guidance」都適用於請求

## I need to seek your advice.

我需要尋求您的建議。

A: **I'm preparing the proposal about performance management next week.**
I need to seek your advice.

我正在準備下週有關績效管理的提案。
我需要尋求您的建議。

B: **That is my specialty.**
**I'd love to.**
**How may I help you?**

那是我的專業。
我很樂意。
我能怎麼幫你？

A: **Could you tell me the performance management trends of MNCs (multinational companies)?**

能否請您告訴我跨國企業的績效管理趨勢呢？

B: **In recent days, some MNCs have even considered eliminating performance ratings.**

近來，有些跨國企業甚至已開始考慮取消績效評估制度了。

A: **Wow, very interesting.**

哇，非常有意思。

## ✓ 求助於人時，務必尊重對方的經驗

前面說過，欲提出某些請求時，一定要客氣有禮地提出請求。有時甚至不僅要有禮貌，還必須融入「您所擁有的知識及見識真的很棒」之含意，在強調「**我所需要的就是您的能力，不是任何其**

他人所能取代」的同時，提出請求。

例如，「**I need to seek your advice.**」（我需要尋求您的建議）、
「**I need to seek your guidance.**」（我需要尋求您的指導）等。
「advice」和「guidance」這兩個字都很適合用於提出請求的時候。

一旦使用「advice」或「guidance」，就等於在暗示「對方具有
豐富的知識」，故能融入「十分推崇對方的經驗及判斷」的尊敬
之意。

此外，出現在例句裡的「seek」還包含了「尋求建議＋尋找有效
的建議以找出答案」的意思。

雖然也可以用「ask」，以「I need to ask for your advice.」的說
法來提出請求，但使用「ask」就單純只有「請對方給建議」的意
思而已。

## ✓ 「seek」比「ask」更能傳達想望

我自己在尋求別人的建議時，都不是單純使用「ask」，而會使用
具有「希望確實取得建議並學到東西」之意的「seek」。藉由使
用這個單字，便能融入我想要認真面對的積極態度。

| | | |
|---|---|---|
| ○ | seek | 包含了「尋求建議＋尋找有效的建議以找出答案」之意。能給對方認真面對的印象，可提高獲得協助的機率 |
| ✕ | ask | 單純只有「請對方給建議」的意思 |

若自己的經驗及知識獲得推崇，而且還對他人的工作成就有所貢獻的話，任何人肯定都會非常開心。對於具備有用經驗和知識的人，不是以平凡通用的話語提出請求就好，別忘了，同時還要對其經驗及知識表達敬意才行。

* Could you kindly provide me some guidance?
  可以請您慷慨地提供我一些指導嗎？

* Do you mind if I could ask your guidance?
  您是否介意讓我請求您的指導呢？

* Do you mind sharing some advice with me?
  您介意與我分享一些建議嗎？

* I would appreciate it if you could give me some advice.
  若您能夠給我一些建議，我將不勝感激。

* I would be grateful if you could give me some advice.
  若您能夠給我一些建議，我會感激不盡。

# 「可以請您考慮看看嗎？」英語怎麼說？

## Could you possibly consider making a slightly better offer?

您是否有可能考慮提供更好一點的報價呢？

A: This is still over our budget.
Could you possibly consider making a slightly better offer?

B: We've considered all the points you've put forward.
I have some concerns about where we are going.

A: I know. Well, how about $20,000?
I can't make any further.

B: That might work.
I'm not authorized to go that low.
Let me confirm with my manager.

A: Thanks for your kind understanding and great support!

這還是超過我們的預算。
您是否有可能考慮提供更好一點的報價呢？

我們已經考量了所有您提出的要點。
對於我們的討論方向我有些擔心。

我知道。這樣吧，2萬美元如何？沒辦法再多了。

這金額或許行得通。
我沒有權限能降到那麼低。讓我跟我的主管確認一下。

感謝您的諒解與大力支持！

## ✓ 以「Could you possibly～?」有禮貌地確認對方的狀況

「Could you possibly～?」（您是否有可能～?）這句是使用

「Could」的禮貌說法中，用來表達「最高等級禮貌度」的句型。光用「Could you」就已經很有禮貌了，藉由加上「possibly」，便能再進一步增加「有顧慮到對方狀況的感覺」。容我再次強調，「在英語世界裡，敬語很重要」。即使是很親近的好友，依據所提出的請求等級不同，有時還是會使用敬語。

在P.290的專欄中，我依據等級的高低為各位介紹了英語的各種禮貌表達方式。而在商場上，特別是在面對公司外部的客戶時，「would」或「could」的使用可說是絕對必要。

我為了與其他的非英語母語者及母語者同事有所區別，總是以「Could you possibly ～ ?」的句型，採取更高一階的禮貌說法。因此，每當要對重要客戶提出很不好意思的請求時，我也建議各位使用更加客氣有禮的「Could you possibly ～ ?」這種表達方式。

在日語的世界裡，能夠善用敬語及禮貌用語的人，通常都會被周遭認為是智慧與品格兼具者，而讓人留下好印象。在這點上，其實英語也一樣。懂得依據商務上的時間、地點、場合來妥善運用敬語的人，會被視為品格高尚而受到尊敬。敬語不只用於客戶或主管，對於平常會互相開玩笑的同事或部屬，有時也有必要使用敬語。真的就是要取決於時間、地點、場合。

## 英語也很重視敬語及禮貌用語

明明英語就是一個如此**充滿了「體貼」與「尊敬」**的語言，但卻有很多人說「在英語裡敬語不重要」、「簡短的英語就很夠用」之類的話，著實令我驚訝。只要是與商務相關，對方應該就會以

符合國際商務慣例及禮儀的英語來應對。而在溝通時體貼對方，是身為商業人士的基本禮貌。

總之，「Could you possibly ～?」的句型常用於許多商務情境。非英語母語者都會運用這個句型，在向對方表達最高敬意的同時，充分發揮敬語之美，並藉此提升自己的形象。

像中國人或印度人等活躍於海外的非英語母語者，也都會以「**Could you possibly give us an estimate?**」（您是否有可能給我們一個估價呢？）這類說法，避免粗魯無禮的英語表達，小心仔細地進行溝通。

請確實理解英語也有所謂適當的「敬語」及「禮貌用語」，並加以妥善運用才好。

讓我們學習更多其他的講法！

- Could you submit a better offer?
  您能否提出更好的報價呢？

- Would you be able to put forward a better offer?
  您是否能夠提出更好的報價呢？

- Could you please reconsider a slightly better offer?
  是否能請您再考慮稍微更好一點的報價呢？

- I'd appreciate it if you could consider making a slightly better offer.
  若您能夠考慮提出更好的報價，我將不勝感激。

- I'd be grateful if you could consider making a better offer.
  若您能夠考慮提出更好的報價，我會感激不盡。

# 不造成對方不悅的狀態下，把工作轉給別人

## I'll have him contact you to discuss the matter.

我會請他與您聯絡以討論此事。

A: **I know the best person in my team but he is out of office right now.**
I'll have him contact you to discuss the matter.

我知道我的團隊裡有個最佳人選，不過他現在不在辦公室裡。
我會請他與您聯絡以討論此事。

B: **Thanks. Could you tell me who he is?**

謝謝。您可以告訴我他是誰嗎？

A: **That's Hyogo. He has extensive work experience in Asia.**

是兵吾（Hyogo）。他在亞洲擁有豐富的工作經驗。

B: **That's great.**

太好了。

A: **I believe he can help your business.**

我相信他能夠幫助您的業務。

## ✓ 想說「請～做某事」時，要用「have」

在商務英語中，經常出現「請某人做某事」，或是「讓某人做某事」這類說法。我想在英文課裡，應該是教學生們用「have」、「make」、「let」、「get」等使役動詞來表達此意義。不過，在重視尊敬與禮貌的商務英語中，可不是用哪個都行。即使意義

相似，用起來仍有很大的不同。一不小心用錯了可是會非常失禮，所以非英語母語者們對於這些單字的用法，也都很小心謹慎。

**在商務情境中想表達「請～做某事」的時候，建議使用的單字是「have」**。「have」具有「（要把自己做不到的事委託給別人時）請～來做」的含意。**它不具強迫感，能夠表達「請某人來負責處理某事」**。此外，若受詞不是「人」，而是「物」，並使用過去分詞的話，就是另一種常用來表示「結果變成如何」之意的方便句型。例如，「**I have my desk cleaned by my brother.**」（我請弟弟把我的桌子清理乾淨了）、「**I have my wallet stolen.**」（我的皮夾被偷了）、「**I have my hair cut.**」（我把頭髮剪了）等。

## ✓ 「make」、「let」、「get」的語氣各自不同

而「make」則含有「強迫～來做」的味道。因此使用「make」的話，聽起來就會有「I'll make him contact you to discuss the matter.」（雖然那個負責的人很不願意，但我還是會逼他跟您聯絡以討論此事）這種感覺。例如，你請朋友開車送了你一程，這時若說「I made my friend drive me to the office.」，對方便會聽成「我強迫我朋友開車載我去辦公室」而大吃一驚。

另外，「let」是「願意讓／允許～做某事」的意思，雖不具強迫意味，但含有「在允許狀態下讓某人做某事」之意，意思會變成「負責的人希望能打電話，而我允許並讓他打這通電話」。最後，「get」可用於請某人做某事時，也可用於讓某人做某事時，不過它帶有「說服委託對象，想辦法讓他做～」的語氣。所以一旦使用「get」，聽起來就像是「我會想辦法說服負責的人，讓他跟您聯絡」。

若依強度來比較這四個使役動詞，應為 let ＜ have 或 get ＜ make。基本上，**在商務情境中欲表達「請～做某事」之意時，用「have」準沒錯**。請務必依據不同的商務情境，分別妥善運用這些使役動詞。

| | |
|---|---|
| have | 具有「（要把自己做不到的事委託給別人時）請～來做」的含意。不具強迫感，是在商務情境中想表達「請～做某事」時建議使用的單字 |
| make | 含有「強迫～來做」之意 |
| let | 含有「願意讓／允許」之意 |
| get | 可用於請某人做某事時，也可用於讓某人做某事時，但帶有「說服委託對象，想辦法讓他做～」的語氣 |

讓我們學習更多其他的講法！

◆ Could you have him come talk to me later?
您能否請他稍後來跟我談談？

◆ I made my team members help me.
我讓我的團隊成員們協助我。

◆ What made you decide to apply for a job in Singapore instead of Japan?
是什麼讓您決定應徵在新加坡的工作，而非在日本的工作？

◆ Let me find out for you.
讓我替您找出答案。

◆ Can you let him get some rest?
您可以讓他休息一下嗎？

◆ I tried to get him to go but he didn't.
我試圖讓他離開，但他沒離開。

# 建立一種可讓對方
# 輕鬆聯繫的關係

## Please don't hesitate to ask any questions.

**請別吝於提出任何問題。**

A: I now understand how to manage effective cross-cultural communication.

我現在已理解如何管理有效的跨文化溝通了。

B: You are very welcome. I'm glad I could help.

不客氣。
我很高興能幫上忙。

A: I guess I'll ask you sometime again, but I appreciate your kind support.

我想我日後還會再來問您問題,非常感謝您親切的支援。

B: Please don't hesitate to ask any questions whenever you need any help from my end.

當您需要我的幫助時,請別吝於提出任何問題。

A: I'll accept your kind offer. I really appreciate your kindness and great support.

我會接受您的好意。
真的非常感謝您的善意與大力支援。

## ✓ 用「don't hesitate to ～」
## 讓對方能夠輕鬆地詢問小事

我很清楚地記得,曾有一位我很尊敬的日本人前輩跟我說:「在用英語做生意時,最重要的就是『accessible』(總是能夠聯繫、溝通)。」

這裡的「accessible」，是指「建立任何人都能夠輕鬆地來報告、聯繫、商討的狀態」。這說起來簡單，但能夠做到的人並不多。例如，有些人就算和對方討論了，還是會回應「但那是不可能的」，終究不予以採納；還有一些人在聽完對方的話之前，就會先責備對方說「但你也有問題」等，這種非「accessible」的人其實相當多。

不過，偶爾也是有能夠體現「accessible」的人。會把對方的話聽完並採納其意見，確實也已經有人實現了這樣的理想。像這樣的人，就會用「**Please don't hesitate to ask any questions.**」（請別各於提出任何問題）這種充滿開放態度的句子跟大家說話，進一步提升真誠的形象。

## ✓ 也可以用「feel free to ～」，但使用「don't hesitate to ～」會更好

「hesitate」有「猶豫、有所顧慮而不願意、遲疑」等意思，因此「don't hesitate to ～」（請別有所顧慮而不願意～／請別各於～）這種句型，便可做為「鼓勵別人做某事」時使用的禮貌說法。而「**feel free to ～**」也能以同樣的方式使用。

「feel free to ～」是「請自由地～」的意思，有時也譯為「請隨時～」。就如「**Please feel free to ask any questions.**」（請隨時提出任何問題），「feel free to ～」是在商務場合中也經常使用的句型。只不過這個句型聽起來較隨意、不正式，亦用於同事和很熟的好友之間。對於比自己的直屬主管地位更高的、應該要更注意說話禮儀的對象，我都是使用「don't hesitate to ～」的句型。

有些人或許會覺得「請別猶豫、請別顧慮」這種說法感覺有點高高在上，但實際上在英語中，**於一段話的最後加上「請別吝於提出任何問題」或「請隨時提出任何問題」，是一種對工作負責的證明**。

不論「don't hesitate to ～」還是「feel free to ～」，都絕不至於失禮，使用時沒有地位或職位的限制，對外國人來說也是能讓人留下好印象的表達方式。因此，請務必積極地加以運用。

**讓我們學習更多其他的講法！**

◆ Please feel free to contact me with any questions.
若有任何問題，請隨時聯繫我。

◆ Kindly feel free to ask me if you need any clarification.
若您需要任何說明，請隨時詢問我。

◆ Do let me know if you need any further information.
若您需要任何進一步的資訊，請讓我知道。

◆ You can ask me any questions without hesitation.
您可以問我任何問題，無須顧慮。

◆ Kindly let me know if you have any questions.
若您有任何疑問，請讓我知道。

# 在不得罪對方的狀態下，請對方儘早回應

## Could you please reply to me at your earliest convenience?

能否請您在方便的時候儘早回覆我？

A: **Thank you so much for today! It was a great meeting. Would you kindly share with me the slides you presented?**

(2 days later)

Could you please reply to me at your earliest convenience?

**I'd appreciate it if you'd share the slides with me.**

B: **Please accept my sincere apology for this late response. I have attached the slides.**

A: **Thank you for your reply. I sincerely appreciate everything you've done for me.**

B: **I hope you will find the document useful. Good Luck!**

今天真是太感謝您了！
這是一次很棒的會議。
您能與我分享您所展示的
投影片嗎？

（2 天後）
能否請您在方便的時候儘
早回覆我？
若您能與我分享投影片，
我將不勝感激。

很抱歉這麼晚才回覆你，
請接受我誠摯的道歉。
我已附上投影片檔案。

感謝您的回信。
我衷心感謝您所為我做的
一切。

希望你會覺得該檔案有用。
祝好運！

## ✓ 對主管或地位較高的人用「ASAP」很失禮！要考量對方的情況，並謹慎有禮地提出請求才行

有急事相求時，一般都會用「ASAP」（as soon as possible 的縮寫）。很多人在寫電子郵件或線上聊天時都經常使用，算是很熟悉的單字之一。實際上，我自己從任職於日本的外商公司時開始，就經常使用「ASAP」。

但我曾因為用了「ASAP」，而導致主管不回我信。主管不回信的第一個理由是，這個字給人「高高在上」的感覺。提出的請求看在對方眼裡就像是命令，因此，對主管或客戶使用，還真的是相當失禮。

第二個理由則是，我只寫了「儘快」，但對方根本看不出來「到底是在什麼時候之前必須完成」。畢竟每個人對期限長短的感覺都不太一樣。

基於這兩個理由，我當時的主管便判斷「現在有別的工作要忙，後天以後有空了再處理」，於是就沒有「立刻」給我回應。因為主管很忙、很不耐煩，所以應該也有被我沒禮貌的話語給惹毛了才對。

因此，真的想要催對方快一點的話，最好以「**Could you please reply to me at your earliest convenience?**」（能否請您在方便的時候儘早回覆我？）這種說法，一邊考量對方的狀況，一邊請對方儘快處理。若有確切的期限，就把日期也寫上去。

| | | |
|---|---|---|
| ○ | at one's earliest convenience | 能一邊考量對方的狀況，一邊請對方儘快處理 |
| ✕ | ASAP (=as soon as possible) | 感覺高高在上，可能會讓對方不高興 |

例如，必須在下週內回覆的話，就可用「**Could you please reply to me by the end of next week?**」（能否請您在下週結束前回覆我？）；而如果有具體期限，則可用「**Could you please reply to me by the 20th of December?**」（能否請您於 12 月 20 日前回覆我？）。請務必運用有顧慮到對方狀況的表達方式來提出請求，好讓工作順利進行。

讓我們學習更多其他的講法！

- Would you mind replying to me when you get a chance?
  您是否介意在有空的時候回覆我呢？
- Probably best to make your decision sooner rather than later.
  請您儘快做出決定。
- Your prompt support would be highly appreciated.
  您的及時援助將令我不勝感激。
- I would be grateful if you could work on this issue immediately.
  若您能立刻處理這個問題，我將感激不盡。
- I would be happy if you could work on this issue straight away.
  若您能馬上處理這個問題，我會非常開心。

# 不同禮貌度的英語表達

爲了讓各位瞭解英語的禮貌用語，以下列出 10 種不同程度的英語表達。商務英語以禮貌爲基礎，因此，在實際的商務情境中，必須採取等級 5 以上的表達方式才行，不過，我個人都是使用等級 7 以上的說法。尤其在英語裡，一旦以直述句來表達原本以疑問句詢問的問題，聽起來就會更像商務英語，因此，希望各位也務必好好掌握等級 8 以上的表達方式。

## 不同禮貌程度的表達方式

Level 1
**Tell me more details.**
告訴我更多細節。

Level 2
**Please tell me more details.**
請告訴我更多細節。

Level 3
**Will you tell me more details?**
您會告訴我更多細節嗎？

Level 4
**Can you tell me more details?**
您能告訴我更多細節嗎？

Level 5
**Would you tell me more details?**
您是否能告訴我更多細節呢？

Level 6
**Could you tell me more details?**
能否請您告訴我更多細節呢？

Level 7
**Could you possibly tell me more details?**
您是否有可能告訴我更多細節呢？

Level 8
**I wonder if you could tell me more details.**
不知您能否告訴我更多細節。

Level 9
**I was wondering if you could tell me more details.**
我想知道您能否告訴我更多細節。

Level 10
**Would you mind if I asked you to tell me more details?**
您是否介意我請求您告訴我更多細節？

# 關鍵必學的
# 否定與拒絕法

這是最需要花心思的表達類型之一。畢竟也
會影響今後彼此的關係,因此,除了不能
忘記要貼心有禮外,還必須依據地位、立場
來改變表達方式。就算錯了,也別只用一個
「No」來了事喔。

# 不讓對方失望的拒絕方式

## I'm afraid I will not be able to attend the meeting.

我想我恐怕無法參加該會議。

A: We need to have a deep dive session with all key stake-holders.

我們需要與所有主要利益相關者來一次深入的會議討論。

B: Sounds great. Actually, we have already planned the meeting next Tuesday. Can you join us?

聽起來很棒。事實上，我們已經計劃下週二開會。你能加入我們嗎？

A: I'm afraid I will not be able to attend the meeting. I have several prior arrangements.

我想我恐怕無法參加該會議。我已先有一些安排了。

B: No worries. We will keep you updated.

別擔心。我們會讓你知道最新資訊的。

## ✓ 用「I'm afraid」表達遺憾的心情，藉此委婉拒絕

當有同事來拜託事情，或是有朋友來邀約，都很令人高興；但有時可能已有其他安排，又或者只因單純沒那個興致而想拒絕。這種時候，如果直接說「I can't.」（我不行）或「I don't like it.」（我不喜歡），感情再怎麼好的朋友，也會顯得失禮。

對於感情好的朋友或同事，雖然前面介紹過一些較輕鬆、不正式的英語表達，不過當你要拒絕對方的邀約時，就有必要使用有禮貌的英語了。例如，以「**I'm afraid I will not be able to attend the meeting.**」（我想我恐怕無法參加該會議）的說法，一邊融入無法參加的遺憾心情，一邊禮貌地婉拒。

「I'm afraid」是從「我擔心、我怕」的語氣，連結至「覺得可惜、遺憾」之意。**正是這個「I'm afraid」的句型，能讓人感覺到有體貼對方心情、有顧慮對方而「不讓對方失望」的感覺。**

## ✓ 「I'm afraid」的用途廣泛

而「I'm afraid」除了可做為傳達拒絕理由時的緩衝外，也可用於必須以「Yes」或「No」來回答令人難以啟齒的事情時。

例如，被問到「Has the event been canceled?」（這活動已經被取消了嗎？），在雖然痛苦、但還是必須傳達大家特地準備的活動已取消的時候，一旦以「Yes」一字回應，聽起來便會顯得非常冷酷。在這種情況下，就可以用「**I'm afraid so.**」（很可惜，但恐怕是這樣）的說法，委婉地表達「Yes」之意。

此外，想委婉地說「No」時，則是用「**I'm afraid not.**」（很可惜，但恐怕不是這樣）。例如，面對「My flight was delayed, can I still catch the connecting flight?」（我的班機延誤了，我還趕得上轉機航班嗎？）這樣的提問，藉由回答「I'm afraid not.」以盡量避免傷害對方的方式，就能夠溫和地表達應會讓對方大受打擊的事實。

甚至不只是「Yes」或「No」，當你必須告訴對方會讓他感到震驚的資訊時，也可以使用「**I'm afraid to say that ～**」這種句型。

例如，在公司裡有人來請你協助處理某個案子，但你無論如何都沒辦法幫忙而必須拒絕時，就可以用「**I'm afraid to say that I will not be able to support you. Now is a very busy period of the year.**」（我恐怕必須說我無法支援你。現在是一年中非常忙碌的時期）的說法，稍微婉轉地表達自己拒絕的理由。

拒絕時的重點就在於，要表達感謝並傳達遺憾的心情。請務必在體貼對方的同時，伴隨著溫和委婉的拒絕氛圍，妥善運用本例的表達方式。

讓我們學習更多其他的講法！

- I'm afraid it is too much to ask of me.
  我想這對我來說恐怕太難。

- I'm afraid I am busy for the rest of this week.
  我想我這週接下來的時間恐怕都很忙。

- I'm afraid that I can't accept your proposal.
  很可惜，我恐怕無法接受你的提案。

- I'm sorry, but I am not free this week.
  很抱歉，但我這週沒空。

- I'm sorry, but there is nothing I can do.
  很抱歉，但我無能為力。

# 雖然對方盛情邀約，
# 但還是有禮貌地拒絕

## I wish I could, but I really do not have enough time.

我希望我可以，但我真的沒有足夠的時間。

A: **We appreciate all your support. We'd like to invite you to our annual luncheon next Friday.**

我們很感激您的一切支持。我們想邀請您來參加下週五的年度午餐會。

B: I wish I could, but I really do not have enough time.
**I hope you all will have a great time.**

我希望我可以，但我真的沒有足夠的時間。希望你們全都能玩得開心。

A: **Well, we're sorry. Let us arrange a separate luncheon to talk about our business collaboration this year. We look forward to meeting you soon.**

這樣啊，真可惜。
讓我們另外安排一個單獨的午餐會，好好聊聊我們今年的業務合作。
期待不久後就能見到您。

B: **Absolutely! Again, thanks for your invitation!**

那當然！再次感謝您的邀請！

## ✓ 要拒絕初次見面或地位較高者的邀約時，就用「I wish I could, but ～」句型

當有初次見面的人或比你地位高的人，在商務場合邀請你參加烤

肉或家庭派對等私人聚會，又或是邀你參加研討會等工作相關的活動時，你可不能打馬虎眼，不能回答得含糊曖昧。若是打算拒絕，就該當場拒絕，這樣才符合國際社會禮儀。

而拒絕時，雖然也可用「I'm sorry, but ～」或「I'm afraid」等句型來委婉拒絕，但尤其是在拒絕比自己地位高或初次見面者的邀約時，這些說法感覺都還不夠體貼。像這種時候，非英語母語者都會使用「**I wish I could, but I really do not have enough time.**」（我希望我可以，但我真的沒有足夠的時間）的講法。這種「**我其實想去（想這麼做），但真的沒辦法**」的表達方式，比起「I cannot」的直接拒絕，**更能熱情一點地傳達「拒絕的理由」**。

「**I wish I could, but ～**」的句型比「**I'm sorry, but ～**」或「**I'm afraid**」都更有禮貌，就類似「我恨不得我能～」的講法。若真的有無論如何不得不拒絕的理由，而且這理由是可以告訴對方的，那麼，就把理由放在「I wish I could, but ～」的「～」部分。如果有具體的理由，對方應該會比較能接受才對。

## ✓ 欲拒絕邀約時，請先表達謝意

要拒絕他人的邀約時，千萬別忘了「一定要先表示感謝」。例如，以「**Thanks for your invitation!**」（謝謝你的邀請！）、「**Thank you for inviting me to the great event!**」（感謝您邀請我參加此盛會！）等句子來表示感謝。

也就是感謝對方特地來邀請的心意，並傳達自己無法參加的遺憾心情，藉此溫和委婉地拒絕。**像這樣以真誠的態度拒絕，對方便**

**能夠接受，之後才能繼續維持互信關係。**

在容易被孤立的英語環境中，光是有人願意主動來攀談就很令人感激了，因此，除了初次見面及地位較高者外，當你要拒絕其他人的邀約、請求時，也最好用心地以「I wish I could, but～」的句型來謙恭有禮地回應。

讓我們學習更多其他的講法！

- I wish I could help you, but I can't.
  我希望我能幫忙，但我無法。

- I wish I could, but I have work.
  我希望我可以，但我有工作要忙。

- I wish I could join you, but I have a prior engagement.
  我希望我可以加入你們，但我已經有約在先了。

- I wish I could, but I'm afraid I have to go to my customer's event on that day.
  我希望我可以，但那天我恐怕必須去參加客戶的活動。

- I wish I could, but I'm afraid I have to participate in a management training on that day.
  我希望我可以，但那天我恐怕必須參加一個管理培訓課程。

# 如何婉拒朋友或同事的邀約，但又不至於讓對方失望？

## I'd love to, but I have another appointment.

我很樂意，但我有另一個約。

A: **Do we have any special events in the office today?**

我們辦公室今天有什麼特別的活動嗎？

B: **Yes, we are currently having a quarterly business partner conference here in the office.**

有的，我們目前正在辦公室舉行季度業務合作夥伴研討會。

A: **That's fantastic!**

那很棒耶！

B: **We will have a dinner reception. You are very much welcome to come.
Would you like to join us?**

我們將有個接待晚宴。也非常歡迎你來參加。你會想加入我們嗎？

A: I'd love to, but I have another appointment.
**Thanks for your invitation.**

我很樂意，但我有另一個約。
謝謝你的邀請。

## ✓ 雖可表達遺憾心情並委婉拒絕，但要小心切勿過度濫用！

當同事或朋友提出邀請，但你無論如何都無法參加時，心領其好意後確實拒絕，才算是有禮貌的回應。雖說能夠獲得邀約真的很

令人開心，但有時就是怎樣都配合不上。

這時，便可使用融入了「我眞的很想參加」的心情的「**I'd love to, but I have another appointment.**」（我很樂意，但我有另一個約）這種說法來拒絕。

**「I 'd love to, but ～」是比「I wish I could, but ～」更輕鬆、更不正式的表達方式，適合用於朋友或親近的同事。**此句型能夠傳達「其實我很想～，但～」這種「感謝對方邀請的心情」。亦即「明明非常想去，但卻不能去，眞的好可惜」，可在積極接受對方邀約的同時，表達遺憾的心情，並予以婉拒。

就算處於不得不拒絕的狀態，被邀請還是很令人高興，所以才藉由一邊傳達感謝之意一邊拒絕的方式，讓對方也能夠理解、接受。

## ✓ 關鍵就在於要用「love」而非「like」來表達

據說在英國，人們最常用的單字是「lovely」，可見英語國家眞的很偏好積極正向的詞彙。「love」是個具強烈正向性質、能在外國人心中產生溫暖共鳴的一個單字。因此，將意義近似的「I'd like to, but ～」的「like」，換成極爲正向的「love」，便能強化「對於無法參加打從心底感到遺憾」的心情。若你都已如此強烈地表達自己「眞的很想去」的心情，那麼，被你拒絕的對方應該也不至於有負面感受才對。

A: Would you like to attend a business seminar about "Starting Businesses in Asia " with us next week? （下週，你想和我們一起參加一個關於「在亞洲展開業務」的商業研討會嗎？）

B: **I'd love to, but I have a business trip next week!** （我很樂意，但我下週要出差！）

用「love」來拒絕，就能充分表達「我真的很想去！」的心情。另外，若能回答「**Unfortunately I can't join you, however I'd be interested in learning how to start my own business. So let's go together next time.**」（很遺憾我無法加入你們，不過我對於學習如何自行創業有興趣。所以我們下次再一起去吧），就算是非常有禮貌的婉拒方式，想必下次一定還能再獲得對方的邀約。

只不過，一旦用這個講法連續拒絕個兩、三次，對方便會認為「看來他其實不想參加」，於是就再也不會來約你了。所以請務必只在真的有事的時候，才用本例的句型來拒絕。

<table>
<tr><td rowspan="10" style="writing-mode: vertical-rl">讓我們學習更多其他的講法！</td></tr>
</table>

讓我們學習更多其他的講法！

♦ I'd love to, but I can't.
  我很樂意，但我無法。

♦ I'd love to, but I have to be on a business trip on the day.
  我很樂意，但我那天必須出差。

♦ I'd love to, but money is a little tight right now.
  我很樂意，但現在手頭有點緊。

♦ I'd love to join, but I have something to do tonight.
  我很樂意加入，但我今晚有點事要處理。

♦ I'd love to have dinner with you, but I have a lot of work that I need to do tonight.
  我很樂意與你共進晚餐，但我今晚有很多工作要做。

# 化危機為轉機的道歉法

雖然「I'm sorry」很具代表性，但除此之外的其他道歉方式也很值得記住。在各個不同階段使用不同的說法，對方對你的印象也會隨之改變。道歉就是如此細緻微妙的一件事。

# 忘了別人委託的事情時，該怎麼道歉才好？

## I've been meaning to get back to you, however, I have been too busy.

我一直都想回覆你，但我實在太忙了。

A: I need the sales data from last year for my next presentation. Could you send it to me?

我下一次的簡報需要用到去年的銷售資料。你能否寄給我呢？

B: Sure. However, I'm so busy right now. Let me send it later.

當然。不過我現在好忙，我晚點再寄。

(Happening to meet in the office 1 week later)

A: Regarding your request, I've been meaning to get back to you, however, I have been too busy.

（一週後在辦公室內巧遇）關於你的請求，我一直都想回覆你，但我實在太忙了。

B: Don't worry about it. We got the necessary information. Now it's going well.

別擔心。我們已取得必要的資訊。現在一切順利。

A: That's great. Now I can finally relax. Let me know without hesitation whenever you need my help.

太好了。現在我終於可以放鬆了。當你需要我的協助時，請不吝讓我知道。

## ✓ 儘管就結果而言沒能確實處理，但仍表達願意協助的心情，誠心致歉

雖然有想要做，但卻忙到沒時間處理——很不幸地，這種事有時候就是會發生。「沒能做到」這點確實該要反省，然而，「儘管有心想做但實在很難做到」這樣無可奈何的情況，應該也難免會遇上。

此時，非英語母語者便會用「**I've been meaning to get back to you, however, I have been too busy.**」（我一直都想回覆你，但我實在太忙了）這種說法，亦即以「I've been meaning to 〜」（我一直都想〜）的句型來表達「**自己有心想處理**」、「**一直惦記著這件事**」之後，**再道歉**。

而這可不是鼓勵大家找藉口的一個常用句型，這說法是以確實承認自己的錯誤為前提。國際商務講究對等關係，人們認為這樣才能創造出更優秀的成果。因此，活躍於海外的非英語母語者並不會拚了命地認錯並道歉。畢竟自己不是對方的奴隸。

## ✓ 「I meant to get back to you」的說法並不恰當

若不用本例的「I've been meaning to 〜」，只單純以過去式說成「I meant to get back to you」的話，則會帶有「我之前確實有打算回覆你，但我現在可不這麼想」的味道。

藉由「I've been meaning to 〜」這樣的句型，才能夠表達「從過去的某個時間點一直持續到現在，就連現在這一刻，我也有想要

回覆你」的意思。亦即不只是單純傳達「沒能做到某事的原委」，而是充分表達了「明明從過去到現在都一直惦記著，但卻沒能處理」的情況。透過這樣的表達，**便能夠真摯地對自己「沒能處理、沒做到一事」表示歉意**。

在道歉的同時，也必須確實傳達自己「真的有想要好好處理」、「並不是刻意忽視對方的請求」等態度才行。這說法乍聽之下或許像是藉口，但其實在英語裡，卻能讓人覺得充滿誠意，因此請務必好好利用。

讓我們學習更多其他的講法！

- I have been meaning to call you for a while, however unfortunately, I have been too busy.
  我一直都想打電話給你，但我實在太忙了。

- I have been meaning to share this with you, however I've been on business trip for several weeks.
  我一直都想跟你分享這件事，但我去出差了好幾個禮拜。

- I have been meaning to consult with you about my career change, however the opportunity never arose.
  我一直都想跟你商量我換工作的事，但一直沒有機會。

- I have been meaning to consult with you, however I couldn't manage this.
  我一直都想跟你商量，但卻沒辦法。

- I have been meaning to ask you, however, you are always so busy.
  我一直都想詢問你，但你總是很忙。

304．305　化危機為轉機的道歉法

# 基於商業禮儀的
# 正式道歉方式

## I am sorry for the delay in my response.
### 很抱歉這麼晚才回覆你。

A: **Have you had a chance to see my email?**
I am sorry for the delay in my response.

你有時間看我的電子郵件了嗎？很抱歉這麼晚才回覆你。

B: **That's all right.**

沒關係。

A: **Please let me know if you have any questions.**
**I'll respond to you at my earliest convenience next time.**

若你有任何疑問，請讓我知道。
下次我會在方便的時候儘早回覆。

B: **Thanks. I really appreciate your kind support.**

謝謝。我真的很感謝你親切的支援。

## ✓ 記得要用「I am sorry for ～」 而不是用「I'm sorry」

用英語道歉時，最容易被嚴格挑剔禮儀規矩。平常非英語母語者就算說出不符合國際社會常識的話，在某個程度上還是會被原諒。

然而，一旦處於道歉的情境，對於「不符合國際社會常識」這點，大家突然就會變得絕不寬貸。輕浮隨便的道歉甚至可能會讓外國

人覺得「眞沒禮貌！」反而更進一步增長對方的憤怒。

在英語中，「Sorry.」、「Very sorry.」、「Sorry about that.」等省略式的講法，會被認知爲類似「不好意思」、「抱歉囉」等程度輕微的道歉，並不適合用於商務情境。

在商務上，要用「**I am sorry for the delay in my response.**」（很抱歉這麼晚才回覆你）或「**We are sorry for causing so much trouble.**」（我們很抱歉造成這麼多麻煩）等句子來道歉，而不僅止於一個簡短的「sorry」。

**若要追求商務上所需的禮貌度，就必須在**「I am sorry for ～」、「I am sorry to ～」、「I am sorry that ～」**之後，接著說出自己是針對什麼事情道歉。**

## ✓ 「I'm sorry.」聽起來很幼稚

只有在用英語道歉時容易不知不覺地說出「I'm sorry.」的人尤其要小心。只說「I'm sorry.」聽起來很隨便，可能會讓人覺得幼稚。在私人場合這麼說不會有問題，但對於地位比自己高的人，或是在商務情境中正式道歉的時候，請一定要避免只說「sorry」。

另外補充一下，針對嚴重的錯誤、以最高等級的禮貌度道歉時，應使用稍後介紹的「apologize」、「apology」、「regret」等單字。

此外，當自己確實有錯而打從心底想好好道歉的話，非英語母語者還會在「I am sorry」加上「**truly / terribly / awfully / extremely / sincerely**」等副詞，以表達認眞反省的態度。

例如，我就會使用「**I am sincerely sorry that I couldn't review the document by the due date yesterday.**」（真的非常抱歉，我無法在昨天的截止期限前審閱該文件）的說法來道歉，也就是用「sincerely」來傳達打從心底深深感到抱歉的心情。對於商務上的道歉，切忌節省用字，請依狀況分別使用適當的說法，務必採取符合禮儀的表達方式。

讓我們學習更多其他的講法！

◆ I am sorry for causing so much trouble.
很抱歉造成了這麼多麻煩。

◆ I am sorry that I could not get back to you sooner as I was on vacation last week.
很抱歉沒能早點回覆你，因為我上週在休假。

◆ I am sorry for any inconvenience this issue may have caused.
對於此問題所造成的任何不便，我深感抱歉。

◆ I am truly sorry that I could not meet your demands.
真抱歉我無法滿足您的要求。

◆ I am extremely sorry that I missed the meeting yesterday.
真的非常抱歉我昨天沒有參加會議。

# 如何對公司外的人表達
# 正式有禮的道歉之意？

## I apologize for my mistakes.
我為我的錯誤道歉。

A: I apologize for my mistakes.
I emailed you the incorrect estimate.
Kindly review the revised estimate.

我為我的錯誤道歉。
我寄了錯誤的估價給您。
請您審閱修正後的估價。

B: I'm afraid if I can persuade my manager to approve the revised estimate because the price has increased by 10%.

我擔心我能否說服我的主管批准修正後的估價，因為價格多了 10%。

A: Please accept my sincere apology. I appreciate your kind understanding and support.

請接受我誠摯的歉意。很感謝您親切的理解與支持。

B: Ok... I'll only allow it this time. I'll ask my manager again.

好吧……僅此一次，下不為例。我會再問問我的主管。

A: I sincerely appreciate your kind understanding.

衷心感謝您的諒解。

## ✓ 在商務情境中，要用「apologize」正式有禮地道歉

在工作上遇到需要道歉的情況時，採取符合正式禮儀的道歉方法非常重要。前面介紹過，「sorry」（抱歉）一字屬於較輕鬆不正

式的道歉說法，並不適合用於對地位高者或在商務上正式道歉的時候。在商務上的道歉，使用「**apologize**」、「**apology**」，以及下一篇介紹的「**regret**」準沒錯。

首先，若依各單字的道歉禮貌度／正式度來分類，「sorry」是禮貌度最低的，其次是「apologize」（道歉，動詞）、「apology」（道歉，名詞），而最有禮貌的就是「regret」（感到懊悔、遺憾）。

| | |
|---|---|
| sorry | 在道歉用詞中，屬於最輕鬆、最不正式的一個，不適合用於商務場合。但用在私人場合則能夠誠摯表達自己的錯誤並打動人心 |
| apologize apology | 是比「sorry」更有禮貌的道歉用語。不像「sorry」包含個人的反省及後悔情緒，通常做為一般商務上標準的道歉用語使用 |
| regret | 最有禮貌的道歉用語。不像「sorry」包含個人的反省及後悔情緒，主要做為商務上的致歉用詞使用 |

非英語母語者在向公司外的合作夥伴或客戶道歉時，通常都使用「apologize」或者「apology」等字，例如，「**I apologize for my mistakes.**」（我為我犯下的錯誤道歉）、「**Please accept my apology for my mistake.**」（請接受我對犯錯的道歉）等。

## 「sorry」和「apologize」的差異

「sorry」和「apologize」除了道歉的禮貌度外，還存在著另外一個很大的差異。雖然都是道歉，但「apologize」其實是做為一種形式上的固定致歉說法使用，說得極端點，就是不論本人是否真有道歉之意都會使用。而以「sorry」道歉，則會給人融入了對自

身過失道歉、含有「是我不好」之意的印象。

附帶一提，美國的政治家在道歉時是不用「sorry」這個字的。大部分政治家即使在自己有錯的狀況下，也幾乎都是用「apologize」道歉。他們只對發生醜聞以及造成社會混亂而「感到遺憾」，沒有哪個政治家會使用「sorry」來表達「是我不好」的意思。

但不管怎樣，「apologize」畢竟是商務致歉的經典用字，能讓人感受到道歉的心意以及成熟大人的常識。

不過當自己真的有錯，真心地想要道歉的時候，我曾經刻意使用「I am sincerely sorry.」這種講法，以「sorry」來表達誠摯的歉意。結果道完歉後，甚至還建立出比起以往更好的互信關係呢。所以，雖然在商務上使用「apologize」道歉是常識，但也請別忘了「sorry」一詞的強大效力。

讓我們學習更多其他的講法！

- ◆ I apologize for keeping you waiting.
  抱歉讓您久等了。

- ◆ I sincerely apologize for the trouble this has caused you.
  對於造成您的麻煩，我深感抱歉。

- ◆ Please accept my deep apology for my mistake.
  請接受我對我的錯誤表示深深的歉意。

- ◆ Please accept my sincere apology for any misunderstanding.
  對於所造成的任何誤解，請接受我誠摯的道歉。

- ◆ I would like to convey my sincerest apology to you.
  我謹向您表達我最誠摯的歉意。

# 發生客訴級的道歉情況時，如何全心全意地表達歉意？

## I regret that I was not able to meet your expectations.

**很抱歉我沒能滿足您的期望。**

A: I regret that I was not able to meet your expectations.
Could you possibly allow me to have another chance?

很抱歉我沒能滿足您的期望。
是否有可能請您再給我一次機會呢？

B: Sure. How can you improve this time?

當然。這次你如何能夠改善？

A: Let me try it again in a different way.
I'l reconsider the recovery plan and get back to you shortly.

讓我用不同的方法再試一次。
我會重新考慮復原計劃，並很快回覆您。

B: I understand. I look forward to hearing your immediate update.

我瞭解了。期待你的即時更新。

A: Certainly. I'll take immediate action to recover the project.

沒問題。我會立即採取行動，好復原該專案。

## ✓ 對於客戶及合作夥伴等，要用「regret」致上最高等級的歉意

在工作上的道歉用語中，最有禮貌的就屬「**regret**」。「regret」是表示「感到遺憾、懊悔」之意的單字，是最高等級的致歉詞彙。

一般來說，就「表達歉意」而言，各個用詞的禮貌程度是依「sorry」、「apologize」、「regret」的順序增加。口頭道歉時，傳達歉意的方式和表情等都非常重要。在國際社會上，人們講究「Self-Critical」（總是自我約束、自我反省、富有上進心、力求提升自我），因此，我的微軟同事們都會使用承認自己錯誤的「very sorry」或「truly sorry」等表達方式來道歉。

但在以電子郵件道歉時，使用「apologize」、「regret」會比較妥當。尤其在因自己或公司的失誤而發生重大問題時，最好用「**We regret that we sent you a wrong product.**」（我們很抱歉送了錯誤的產品給您）這種說法，以「regret」來表達最高等級的道歉。

## ✓ 確實傳達對失誤的處理方法

此外，在道歉時除了「道歉的話語」外，也一併補充說明「失誤的原因及今後的因應對策」等，可說是非英語母語者的致歉風格。就和極有禮貌的日本式道歉一樣，最後還要再加上一句「今後也請繼續多多指教」，以增添誠懇度與積極度。

非英語母語者的道歉模式如下：

● 道歉的話語

I regret the large number of mistakes in the quotation.
（很抱歉報價中有大量的錯誤）

● 失誤的原因

I accidentally referred to a wrong exchange rate.
（我不小心參照到了錯誤的匯率）

● 今後的因應對策

I will send you a revised quotation immediately.

（我會立刻寄一份修正後的報價給您）

I will make every effort to ensure this mistake won't happen again by cross-checking the quotations amongst the team.

（我將藉由在團隊中交叉檢查報價的方式，盡一切努力確保此錯誤不再發生）

正如所謂的「失敗為成功之母」，在國際社會上，人們認為「既然鼓勵大家挑戰突破極限，那麼，有時會失敗也是理所當然的」。因此「如何面對失敗」非常重要。就算犯了大錯、遭遇嚴重失敗，也請務必以最高等級的道歉方式來表達誠摯的態度。

讓我們學習更多其他的講法！

- I regret that I cannot accept your invitation, and wish you the best on your company's 10th anniversary.
  很遺憾我無法接受您的邀請，並在這貴公司10週年慶之際，祝您一切順心如意。

- I deeply regret that I made such a big mistake.
  對於自己犯下如此大的錯誤，我深感抱歉。

- I very much regret any inconvenience caused by the delay.
  對於延誤所造成的任何不便，我感到非常抱歉。

- I would like to express my deep regrets for sending the wrong product.
  對於發送了錯誤的產品一事，我謹表達深深的歉意。

- I'd like to express my sincere regret for not keeping you updated on the progress of this project.
  對於沒讓您瞭解此專案的最新進度一事，我謹向您表達誠摯的歉意。

# 如何以一句話激勵
# 因犯錯而沮喪的人？

## No worries. It happens to the best of us.

別擔心。就算是我們之中最棒的人也會發生這種事（這種事可能發生在任何人身上）。

（情境 1）

A: **I have serious customer complaint. I don't know how to handle this kind of matter.**

我收到客戶的嚴重投訴。我不知道該怎麼處理這種事情。

B: No worries. It happens to the best of us. **Leave it to me.**

別擔心。這種事可能發生在任何人身上。交給我吧。

（情境 2）

C: **I've tried so many times, but I still can't manage to persuade the customer. I need your expertise to close this deal.**

我已經試了好多次，但還是沒能說服客戶。我需要您的專業知識才能完成這筆交易。

D: No worries. It happens to the best of us. **I'd be happy to support you as needed.**

別擔心。這種事可能發生在任何人身上。我很樂意在有需要時支援你。

✓ **原諒對方的失敗，用一句慧黠幽默的話來積極地解決問題**

在日常生活中，有時總難免失誤犯錯，或是造成他人的麻煩、困

擾。非英語母語者正因為也經歷過許多失敗及錯誤，所以很多人都認為「自己會有道歉的時候，別人也會有，大家都是一樣的」。責怪失敗的人並不會帶來任何改變，**重點在於該如何修補失誤，並思考下一步行動才是。**

非英語母語者也不會忘了對因為失敗而沮喪的人表達支持。他們一邊用慧點幽默的話語來原諒對方的失敗，一邊把周遭的人拉進來以嘗試解決問題。藉由這樣的方式，便能營造出周圍的人即使失敗、犯錯，也願意報告而不會隱匿的職場環境。

對於並沒有造成自己太大麻煩的小失誤，就用表示「別在意、別擔心」等意思的「**No worries.**」、「**Don't worry.**」、「**No problem.**」等說法。此外，也可使用表示「沒關係、不要緊」之意的「**It doesn't matter.**」、「**It's not a big deal.**」等常用句。這些講法都比較輕鬆而不正式，因此，最好別對客戶或不是很熟的主管、長官等使用。對於地位較高的人，建議加上「please」，更有禮貌地說成「**Please don't be sorry.**」會比較好。

我自己平常偏好使用語氣溫和輕鬆的「No worries.」，而我都會用這個「No worries.」來安慰因失敗而沮喪的人。例如，以「**No worries. It happens to the best of us.**」（別擔心。就算是我們之中最棒的人也會發生這種事＝別在意。這種事可能發生在任何人身上）的說法來鼓勵對方。「我們之中最棒的人」這種講法，乍聽之下挺油腔滑調的，不過，在英語裡這話帶有些許幽默感，能讓對方開心地莞爾一笑。

## ✓ 接在「No worries.」之後的後續也很重要

若你對於道歉的人沒有責任，那麼可帶著「別責怪自己了」的態度，接著說「**It's not your fault.**」。甚至覺得對方沒必要道歉時，還可以表達「**Don't be sorry.**」、「**You don't need to be sorry.**」、「**There's no need to apologize.**」等。

而即使對方真的犯了很大的錯誤，也可基於「謝謝你選擇告訴我而沒有隱匿」的立場，以「**Thank you for stepping forward.**」、「**Thank you for informing me of that.**」、「**Thank you for letting me know about that.**」等說法來傳達感謝之意，謝謝對方勇敢選擇在此時告知錯誤。

在工作上，任何人都可能犯錯。就算自己也因此受害，但請記得明天出錯的搞不好就是你自己，所以務必以慧黠幽默的話語來安慰犯錯的人，減輕一下對方的心理負擔。

<table>
<tr><td rowspan="5">讓我們學習更多其他的講法！</td><td>

◆ Don't worry. It could happen to anybody.
別擔心。這種事可能發生在任何人身上。

◆ No problem. These are things that anyone can be tripped by.
沒關係。任何人都可能因這些事情而犯錯。

◆ It's not a big deal. This happens to everybody.
沒什麼大不了的。每個人都可能發生這種事。

◆ It's not your fault. Anyone can make mistakes.
這不是你的錯。任何人都可能犯錯。

◆ Thank you for stepping forward. It could happen to the best of us.
謝謝你挺身而出告訴我。這種事可能發生在任何人身上。

</td></tr>
</table>

# 結語

本書是我個人繼拙作《3 分鐘完成所有工作——飛機頭外商經理的工作壓縮術》（暫譯）後的第二本著作。

第一本著作是基於想解決日本加班問題的想法，而試圖告訴大家尚未普及於日本的世界標準——「工作壓縮術」。該書在日本和新加坡都曾舉辦研討會，而在當時的研討會上，有人問我：「你明明是非英語母語者，卻能夠長期於海外的三家全球頂尖公司工作，這樣的英語能力是怎麼培養出來的？」這便是我撰寫這本書的契機。

那時，我重新審視了所謂「非母語者的英語」，而我也嘗試觀察了除自己以外的「非母語者的英語」。正因為英語不好，所以大家都會使用母語者不會用的那種有點誇張的表達方式，也會學習不至於對母語者顯得失禮的英語禮儀。我這才發現，原來大家都運用著各自下了功夫並努力累積的「非母語者的英語」，試圖融入屬於英語母語者世界的國際社會。

回頭想想我所待過的部門，我的「主管」和「主管的主管」，他們也幾乎都是「非英語母語者」呢。換言之，國際社會上所說的英語，其實是占了英語人口 80％ 的「非母語者的英語」，根本很少有人能說出完美的英語。這種「非母語者的英語才是標準」的現象，就是當今國際社會的現狀；然而，很多「非英語母語者們」卻還未普遍認知到這點。就因為不知道，所以很多人至今仍以「說

不出完美的英語」爲由，遲遲不願開口說英語。

雖然比起過去，能講英語的亞洲人已有所增加，但在全球化的商務情境中，能夠與外國人交換意見、發揮領導力並接受評價的人，依舊是少數。甚至像以前的我那樣，一句話也說不出來、只能呈現如地藏菩薩般的狀態而沮喪不已的經驗，想必很多人都曾有過。

我想透過本書，把「說不完美的英語並不可恥」、「瞭解對外國人來說怎樣叫失禮」、「初學者程度的英語只在一開始會被原諒」這三個最基本、但最重要的道理傳達給各位。之所以撰寫本書，就是希望它能成爲許多人從事國際商務時最基本的武器。

就算內容能夠理解，若總是只用粗魯草率的方式說話，漸漸地，大家就會覺得你很奇怪，這點不論英語還是任何語言都一樣。反之，在商務情境中，也不是發音和文法對了就算完美。當然，能夠說出正確的英語是很棒的。但即使是怪腔怪調的英語、文法有錯的英語，若希望能和活躍於全球的「非英語母語者」一樣，獲得衆多外國人的信賴與尊敬的話，在今日的國際社會上，能說出「體貼對方而不失禮的禮貌英語」，可謂必要的條件。

每個人剛踏入社會時，應該都曾學習過社會人士的禮儀。而同樣地，目前的英語能力也應該要從「學生時代學到的英語」，切換成「在商務上做爲武器使用的英語」。畢竟就如我在本書一再提到的，簡單的初學者英語往往都是採取命令式的說法。

本書所介紹的「最強英語常用句」，可都是經過精挑細選，充滿了爲擺脫初學者等級英語的各種片語與句型，以及社會人士的常

識及禮儀。書中甚至不只有各種英語的常用句，還進一步穿插了只要徹底實踐本書內容，就算在海外工作也不易被解雇的國際社會處世術。

想知道英語有哪些禁忌的人、想讓自己的英語從初學等級往上升級的人，又或是想知道在國際社會生存所需之商務常識的人等，對於所有希望在各種狀況下提升英語能力的人們來說，本書的內容都十分豐富。

請參考本書，好好享受說英語的樂趣，多多與全世界的外國人深入交流。希望各位讀者都能以世界為舞台，大肆活躍。

而在本書出版之際，我也想對至今一直支持我的每個人表達感謝之意。謝謝埃森哲、德勤管顧、微軟的主管和同事們。也謝謝EMBA的同學們。在此無法逐一列出所有人的名字，但你們的教誨，成就了今天的我。

此外，也打從心底感謝日本 DIAMOND 出版社的武井康一郎先生，在這次出版過程中對我照顧甚多。武井先生不僅為了我特地出差到新加坡，別說是無暇觀光了，一直跟我關在一起工作到深夜的回憶，著實令人懷念。若沒有武井先生的協助，本書就無法統合成今日這樣一本完整的作品。他「把讀者放在第一位」的熱情總是令我感動。

而除了本書外，打從當初在寫 DIAMOND online 的連載文章時，我就一直苦於寫作不順利的問題，故在此也要衷心感謝總是不斷鼓勵我的妻子智子。還有對於儘管我總以寫作為藉口而沒時間陪他們

一起玩、但還是願意持續支持我的女兒和兒子，我同樣心存感激。

藉此機會，我還要謝謝積極參與反歧視活動且精通冷硬派（hard-boiled）小說、從小就教導我「任何時候都要志向遠大而堅強不屈，活得像個男人」的父親，以及身爲「垮世代」（Beat Generation）文學先驅艾倫‧金斯堡的詩歌作品的朗讀家、教會了我「不迎合權力之反骨精神的美好之處」的母親。沒有他們的教導與愛，就沒有今天的我。

最後，更要感謝選擇了本書的各位讀者大德們，謝謝你們透過此書與我相遇。在此殷切期望本書在今後各位使用英語工作時，或是向世界挑戰時，都能夠有所助益。

願本書能夠幫助你的人生大放異彩，並奉上我從 13 歲起這 33 年來，總會送給自己生命中重要人物的一句話，而這句話也正是我人生的指針：

STAY GOLD！（請永保光輝閃亮！）

岡田兵吾

# 參考文獻

● 「英語今後能否繼續爲世界的『共通語言』？」

BBC，2018 年 5 月 29 日刊載，

https://www.bbc.com/japanese/features-and-analysis-44220537（日文版）

https://www.bbc.com/news/world-44200901（英文版）

● Which countries are best at English as a second language?

World Economic Forum，2016 年 11 月 15 日刊載，

https://www.weforum.org/agenda/2016/11/which-countries-are-best-at-english-as-a-second-language-4d24c8c8-6cf6-4067-a753-4c82b4bc865b/

# 成為活躍於全球的英語工作者

給非母語者的「絕對規則」，不只知道「如何」說，
更要「正向」且「有禮貌」地說！

作　　者｜岡田兵吾 Hyogo Okada
譯　　者｜陳亦苓 Bready Chen
發 行 人｜林隆奮 Frank Lin
社　　長｜蘇國林 Green Su

**出版團隊**

總 編 輯｜葉怡慧 Carol Yeh
日文主編｜許世璇 Kylie Hsu
企劃編輯｜黃莀菁 Bess Huang
責任行銷｜鄧雅云 Elsa Deng・朱韻淑 Vina Ju
封面裝幀｜兒日設計
版面設計｜張語辰 Chang Chen

**行銷統籌**

業務處長｜吳宗庭 Tim Wu
業務主任｜蘇倍生 Benson Su
業務專員｜鍾依娟 Irina Chung
業務秘書｜陳曉琪 Angel Chen・莊皓雯 Gia Chuang

發行公司｜悅知文化　精誠資訊股份有限公司
　　　　　105台北市松山區復興北路99號12樓
訂購專線｜(02) 2719-8811
訂購傳真｜(02) 2719-7980
專屬網址｜http://www.delightpress.com.tw
悅知客服｜cs@delightpress.com.tw
ISBN｜978-986-510-118-3
建議售價｜新台幣399元　　首版一刷｜2021年03月　　十二刷｜2024年09月

國家圖書館出版品預行編目資料

成為活躍於全球的英語工作者 / 岡田
兵吾著；陳亦苓譯. -- 初版. -- 臺北市：
精誠資訊股份有限公司, 2021.03
　　面；　公分
ISBN　978-986-510-118-3 (平裝)

805.18　　　　　　　　　109020107

建議分類｜商業理財、職場工作術

悦知文化
Delight Press

## 線上讀者問卷 TAKE OUR ONLINE READER SURVEY

# STAY GOLD!
## （請永保光輝閃亮）

—————《成為活躍於全球的英語工作者》

請拿出手機掃描以下QRcode或輸入
以下網址，即可連結讀者問卷。
關於這本書的任何閱讀心得或建議，
歡迎與我們分享 ∵

http://bit.ly/37ra8f5